## 김애리

작가이자 기업 강연가, 콘텐츠 기획자. 지금까지 총 12권의 책을 출간하고, 500여 개의 기업 및 기관, 학교에서 강연을 했다. 글을 쓰며 스스로를 돌보고 일으켜 세운 경험을 바탕으로, 치유와 성장의 글쓰기 프로그램을 운영 중이다.

매일 아침 고요를 깨고 일어나 필사를 하며 오늘 하루를 원하는 방향으로, 단단하고 다정하게 이끌어주는 문장을 수집하는 시간을 갖는다. '매일 쓰는 사람'이라고 불릴 만큼 10대 후반부터 20년이 넘는 시간 동안 일기와 필사, 글쓰기를 해 왔는데, 여러 기록 행위 중에서도 필사는 침잠한 마음을 가지런히 빗질해주는 위로이자 열정적으로 삶을 사랑하는 방식이라고 정의하고 싶다. 노트 가득 글씨를 따라 적다 보면, 마음이 갈피를 잃고 조각 나 있어도 스스로에게 다정함과 희망, 용기와 가능성을 속삭여줄 수 있었다. 예기치 못한 불행이 찾아왔을 때도 스스로를 지킬 힘을 낼 수 있었다. 필사가 선물하는 오롯한 '나만의 시간'을 통해 흔들리는 삶의 방향과 가치를 바로잡고, 소소한 행복과 기쁨을 만끽하는 순간을 더 많은 사람들이 만나길 바란다.

지은 책으로는 『어른의 일기』, 『글쓰기가 필요하지 않은 인생은 없다』, 『여자에게 공부가 필요할 때』, 『책은 언제나 내 편이었어』 등이 있다.

블로그 blog.naver.com/aeri1211
인스타그램 @writer_aeri

나는 매일 나에게
다정한 글을
써주기로 했다

일러두기

- 도서명은 『 』, 시와 산문 등 작품명은 「 」로 표기했습니다.
- 저자 사후 70년이 지나 저작권이 해제된 작품의 경우 작품이 수록된 도서의 출판사명, 출판된 연도, 페이지를 명기하지 않았습니다.
- 이 책에 인용된 문장들은 출처를 확인한 이후 저작권자의 허락을 얻었습니다. 저작권자를 찾기 어려워 허락을 받지 못한 문장에 대해서는 저작권이 확인되는 대로 적법한 절차를 진행하겠습니다.

자기 긍정과
마음 치유를 위한
글쓰기 필사 노트

나는 매일 나에게
다정한 글을
써주기로 했다

김애리 지음

알에이치코리아

# 필사는 삶을 사랑하는 하나의 방식

필사를 한 지도 적지 않은 세월이 흘렀습니다. '필사'라는 용어조차 낯설던 10대 후반부터 좋은 책의 글귀를 옮겨 적는 일을 해 왔으니 벌써 20년 넘는 시간이 그 사이에 놓이게 되었네요. 간혹 어떤 일을 오랜 시간 반복하면 사람들에게 호기심의 대상이 되는 것 같기도 합니다. 무엇 때문에 그것을 꾸준히 하게 되었고, 왜 여전히 하고 있는지 궁금해하는 분들이 많더라고요.

우리 삶에 일어나는 많은 일들이 그러하듯 필사 역시 벼락 같은 계기가 있어 시작한 건 아니었어요. 책을 읽다 만나는 마법 같은 문장들, 나를 울리고 멈추는 문장들을 도저히 그냥 떠나보낼 수 없어 붙잡아두고자 시작한 일이었지요.

'이 구절은 살아가는 내내 나에게 등불이 되어줄 거야', '이 문장에는 나의 한 시절이 담기는구나'처럼 어떤 느낌이 오는 문장들 있잖아요. 그 문장들과 이별하기 싫어 하나둘 담기 시작한 필사가 제 삶에 이렇게 오래 함께하며 이 같은 다정함을 줄 줄은 저도 미처 몰랐습니다.

나이가 들수록 느끼는 것은 우리를 살리는 일이 거대하고 특별한 경험 속에 있지 않다는 사실이에요. 그보다는 평범한 날들 속에 자리한 작고 사소한 일의 반복이 우리를 끝내 변화시킨다는 점을 새삼 깨닫습니다. 모르는 누군가에게 베푸는 친절, 아침에 하는 기도, 사무실에서의 맨손 체조나 잠들기 전의 감사일기 쓰기 같은 것. 말하자면 더 좋은 삶을 위한 소소한 노력과 다짐이 쌓여 나를 위한 특별한 선물이 되는 거죠.

제겐 필사가 꼭 그렇습니다. 매일 5분의 시간을 들여 책 속 문장들을 진지하게 음미하고 표현을 곱씹으며 노트 가득 글씨를 따라 적다 보면, 어떤 예기치 못한 불행이 찾아와도 나를 지킬 힘을 낼 수 있을 것 같은 마음이 들거든요.

누군가 필사를 '삶을 재건하는 방법'이라고 표현한 것을 들었습니다. 아들러의 심리학 책들, 『논어』, 또 누군가는 『반야심경』을 필사하며 무너진 삶을 다시 일으켰다는 이야기를 풍문처럼 전해 들었어요.

저에게 필사는 삶을 사랑하는 저만의 방식입니다. 고요하지만 아주 열정적인 사랑 방식이지요. 나는 여전히 어리숙하고, 사는 건 여전히 힘에 부치지만 '그럼에도 불구하고' 스스로를 위해 노력하는 사람이라는 무언의 외침이기도 하고요. 아니, 어쩌면 저는 필사를 하는 내 모습 그 자체를 사랑했던 것 같기도 합니다. 작은 스탠드 하나 켜고 앉은뱅이 책상에 앉아 사각사각 글씨를 써 내려가던 내 모습. 마음이 갈피를 잃고 조각 나 있음에도 나는 자신을 내팽개치거나 함부로 대하지 않고 '필사'라는 방법을 통해 돌봐주고 있었다는 사실은 언제 돌아봐도 엄청난 위로가 되거든요.

이 책에는 모두 120개의 문장을 선별하여 꾹꾹 눌러 담았습니다. 제가 가장 열심히 필사하던 순간들을 떠올리며 문장을 고르고 또 골랐어요. 돌아보니 저는 인생에 위로가 필요한 순간, 내 꿈에 대한 응원이 절실할 때, 삶의 방향과 가치가 흔들릴 때, 소소한 행복과 기쁨을 만끽하고 싶을 때 유독 열심히 필사를 했어요. 그렇게 총 4개의 주제로 나누어 그에 맞는 문장들을 정리했습니다. 이것들은 모두 한 사람의 삶을 탄탄하게 일궈주고 때로는 손을 잡고 '다시 살자' 일으킨 문장들이에요.

흔히 '생각'은 강한 힘을 발휘한다고 합니다. 무언가를 염원하면 그것들이 씨앗이 되어 인생길에 뿌리내린다고 하지요. 그런데 그보다 더욱 강렬한 힘을 가진 것이 바로 '쓴다'는 행위입니다. 의미를 새기며 꾹꾹 눌러쓴 문장들은 우리의 영혼 깊이 새겨지는 언어들이기 때문이에요. 필사란 그런 것입니다. 내가 원하는 방향으로 조금씩, 하지만 가장 단단하게 길을 내는 일이지요.

이 책에 담긴 문장들을 적으며 삶에 대한 다정함과 희망을 더 세게 움켜쥐시길 바랍니다. 매일 5분간 오롯한 나만의 시간 안에서 마음껏 꿈꾸고 사랑하시기를 바랍니다.

차례

# PART 1

## 기대가 꿈으로
## 다시 태어나는 문장

## PART 2

### 나를 돌보고
### 상처를 치유하는 문장

# PART 3

## 삶의 방향성과
## 가치를 세우는 문장

## PART 4

### 일상 속 소소한 기쁨과
### 행복을 발견하는 문장

PART 1

기대가 꿈으로
다시 태어나는 문장

꿈을 꾼다는 것은 어려운 '선택'이자 '태도'입니다. 어쩌면 절망에 빠져 체념하고 되는 대로 사는 게 훨씬 더 편할지도 몰라요. 그냥 아무것도 하지 않고 세상과 타인을 원망하면 되니까요. 하지만 희망을 품고, 기대하고 꿈을 가지는 것은 힘든 '결정'이에요.

네, 말 그대로 주도적인 결정이지요. 이것이 힘든 이유는 알다시피 꿈을 꾸려면 무언가를 시작해야 하고, 도중에 포기하고 싶어도 어느 시점까지는 계속 나아가 봐야 하니까요. 실패해서 마음 다칠 위험을 감수해야 하고, 나의 가능성을 여러 무대에 올려 두루 시험해야 하기 때문입니다. 하지만 우리는 늘 무언가를 꿈꾸지요. 그저 쉽고 편하게만 살고자 이 세상에 온 건 아니니까요.

지금 어떤 꿈을 꾸고 계신가요? 그 길이 나날이 힘겹고 멀어
진다 느끼시나요? 여기 준비된 '용기와 가능성의 말들'이 있
습니다. 천천히 따라 적으며 다시 한번 마음을 다잡아 보세요.

모든 일의 결과만 가지고 칼로 자르듯 '성공'과 '실패'로 나누
지 마세요. 꿈을 향해 가는 이 모든 과정을 '축적의 시간'으로
여겨 보세요. 그 과정에서 다시금 나만의 의미와 가치를 발견
해 보시기 바랍니다.

## 제현주, 『일하는 마음』

무언가를 하기로 하고, 그것을 하는 것. 그게 제 가장 큰 재능이에요.

(어크로스, 2024년, 246쪽)

꾸준함에 대해 생각합니다. 혹은 매일 스스로와의 약속을 지키며 작은 루틴을 차곡차곡 쌓아가는 일에 대해서요. 결국 어떤 성취나 성과는 누가 알아주지 않아도 자기 자신에게 매일 근면함과 성실함을 보여준 이들의 몫인 것 같아요.

무언가를 하기로 했다면 (그게 아무리 작고 사소한 일이라도) 오늘, 그것을 반드시 해내는 날을 만들어 보세요.

# OO2

## 신여윤, 『엄마부터 행복해지겠습니다』

진정한 의미의 자기계발은 사회가 요구하는 사람이 되는 것이 아니라, 자신에게 필요한 사람이 되는 것이다. (좋은습관연구소, 2023년, 190쪽)

---

많은 사람들이 놓치고 있는 사실이 있어요. 자기계발의 핵심은 '남보다 더 나은 나'를 만드는 데 있지 않다는 것입니다. '세상과 타인이 원하는 나' 말고, 진짜 나다운 모습의 나를 발견해가는 과정이 곧 자기계발의 본질이지요. 그러기 위해 필요한 것은 결국 '나를 잘 알기'가 될 것이고요. 나를 알아야 나에게 필요한 것을 제대로 건넬 수 있으니까요.

자기 자신을 알아가기 위한 노력, 최고의 자기계발입니다.

# OO3

## 재수, 『자기계발의 말들』

그릇의 크기가 야망이나 전략이 아닌, 좋아하는 마음과 연결되어 있다고 생각하니 허를 찔린 것만 같다. 좋아하는 마음은 야망이나 전략 없이도 큰 사람이 되는 길이다. 아니, 어쩌면 좋아하는 마음이야말로 가장 완벽한 전략일 수도 있겠다. (유유, 2023년, 117쪽)

무언가를 깊이 좋아해 본 경험, 다들 있지요? 이때 우리는 전략이나 방법이 필요 없다고 느낍니다. 아니, 애초에 그런 것들이 끼어들 여지가 없지요. 그저 좋아하는 마음으로 그 모든 시간을 견디며 행복하고, 또 발전해나가니까요. 사랑이 최고의 동력이 되는 셈이죠. 무언가와 깊이 사랑에 빠지면 독한 야망이 부질없어집니다. 하하.
지금, 내가 깊이 사랑하는 '그것'은 무엇인가요?

## 박요철, 『스몰 스테퍼』

'아주 작은 반복으로도 뭔가 달라질 수 있구나.'
내가 변화에 도전하지 못한 건 너무 큰 목표 때문이었다는 생각이
들었다.

(천그루숲, 2020년, 31쪽)

하루 세 줄 일기 쓰기, 영어 문장 두 개 암기하기, 퇴근 길 산책이나 10분 책 읽기. 이런 작은 일들이 인생을 바꿀 수 있을까요? 네, 그렇고 말고요. 이 책의 작가 박요철 님은 충분히 가능하다고 이야기합니다. 단, 그 소소한 일을 하찮게 여기지 않고 매일 꾸준히 한다면 말이죠.
우리를 바꾸는 일은 한 차례의 강렬한 실천보다도 하루하루 주어진 일상을 잘 살아내는 데서 시작한답니다. 잊지 마세요. 평범한 매일의 움직임이 모이면 꿈이 실현된다는 사실을요!

정해심,
『오늘도 좋아하는 일을 하며 삽니다』

그러나 실수를 실수로 남겨두고 싶지 않았다. 실수를 시작으로 만들고 싶었다.

(호호아, 2021년, 28쪽)

크하, 실수를 시작으로 만들다니요. '실수'라는 단어가 들어간 문장이 사람을 이렇게 설레게 만들 수도 있음을 일깨워준 문장입니다.

실수는 또 다른 형태의 '시작'이라는 말에 백 번 공감합니다. 일본의 유명한 정신과 의사인 사이토 시게타가 했다는 그 유명한 명언이 떠오르네요.

'인생에 실패가 없다면, 인생이 실패한다.'

그러니 하루라도 젊었을 때 더 많이 실수하며 삽시다! 실수를 하다 보면 실패도 하게 되고, 실패를 하면 어쩔 수 없이 해결책을 찾게 되잖아요. 어차피 넘어질 거라면 이 모든 것을 선순환의 과정으로 받아들여 보자고요.

## 모빌스 그룹, 『프리워커스』

우리는 나무를 많이 심을수록 숲이 더 짙은 빛을 낸다고 믿는다. 기록이 쌓일수록 우리는 더 선명해진다.     (알에이치코리아, 2021년, 56쪽)

---

대단한 기록이 아니라도 '나'를 기록한다는 것은 이미 대단한 일이라는 생각이 들어요. 그것은 아무것도 없었던 공간에 하나둘 나무를 심고 또 심어서, 결국 짙은 빛을 내는 숲을 일구는 일과 같거든요. '나'에 대한 기록은 삶을 더 푸르게, 더 진하게 만들 것입니다.

나는 누구고 지금 어디를 향해 걸어가고 있나요?

나만의 기록이 쌓이면 혼란과 불안이 찾아와도 견딜 수 있습니다. 나를 잘 알기 때문이지요. '다시 일어나 보자, 지난 번에는 더 크게 넘어졌었잖아.' 이런 '믿을 만한' 말들을 건넬 수 있게 됩니다.

# 우현수, 『일인 회사의 일일 생존 습관』

어떤 일을 처음부터 끝까지 혼자 마무리해보면 그 이전과는 완전히 다른 차원의 관점이 생긴다. (…) 중요한 것은 단계마다 오로지혼자 힘으로 해야 한다는 것이다. (좋은습관연구소, 2023년, 27-28쪽)

처음 운전을 할 때는 차 문을 여는 순간부터가 긴장이죠. 그저 시동을 켜는 것뿐인데도 진땀이 납니다. 나 빼고 모두 여유로워 보이는 거리로 나와 주행을 하다 보면 아무 소리도 들리지 않고 그냥 앞만 보고 달리게 돼요. 음악도 못 틀고, 에어컨 온도 조절도 못해요. 이게 다가 아니죠. 목적지에 도착하면 가장 큰 산이 남아 있습니다. 바로 주차.

주차 자리를 찾고, 핸들을 돌리며 앞뒤로 왔다 갔다를 수 차례 한 뒤에 겨우 차를 세우고 나면 온 몸에 힘이 쭉 빠져버립니다.

그러나 우현수 작가님은 말해요. 이렇게 출발, 주행, 주차의 과정을 반드시 혼자 힘으로 해야만 운전이라는 것을 하게 된다고. 이걸 몇 차례 하고 나면 이전과는 다른 드라이버가 되거든요. 누군가의 도움 없이 오롯이 처음부터 끝까지 혼자 해 봐야만 몸이 기억하는 습관으로 자리매김하는 것이 바로 운전입니다.

다른 일도 크게 다르지 않을 거예요. 처음은 힘들지만 혼자 힘으로 A부터 Z까지를 처리하고 나면 비로소 다른 관점과 깊이가 생깁니다. 어떤 일이든 매듭짓는 과정을 경험해 보세요. 엄청난 성장 동력이 됩니다.

라이너 마리아 릴케,
아내 클라라 릴케에게 보낸 편지 중에서

세잔의 작품에서 우리가 알 수 있는 것은 끝까지 엄청나게 많은 노
력을 했다는 것이야. 거기에는 어떤 선호나 편견도 없었어. 그의
노력은 가장 작은 부분까지 민감하게 반응하는 양심의 저울 위에
서 검증될 수 있어. 그는 이전의 기억에 매몰되지 않았지. 진정성
을 다해 색채의 내용물로 대상을 응축 표현함으로써, 색채를 뛰어
넘는 새로운 존재를 만들어 냈어.

릴케의 문학에 가장 큰 영향을 끼친 인물이 화가 세잔이라는 사실은
릴케 스스로도 생전에 밝힌 바가 있습니다.
릴케를 사랑하는 한 사람으로서 릴케를 전율케 한 또 다른 인물, 세잔
이 무척 궁금해졌습니다. 그리고 세잔에 관한 편지를 읽으며 그 궁금
증이 모두 풀렸어요.
"나는 매우 느리지만 매일 발전하고 있다.", "모든 것을 그림으로 대답
하겠으며 죽도록 그림을 그릴 것을 맹세한다."라고 고백한 세잔. 그리
고 그에게 탐닉하며 그 정신을 닮으려 노력한 릴케까지.
아내 클라라 릴케에게 보낸 이 편지글의 내용은 세잔에 대한 모든 것
을 담고 있다 해도 과언이 아닌 '세잔 비평문'이기도 해요. 그리고 저는
그 어떤 러브레터보다 더 아름답고 사랑스럽게 읽었답니다.

## 헤르만 헤세, 『싯다르타』

경청하는 방법을 가르쳐준 것은 강물이지요. 당신도 강물을 보며 배우게 될 겁니다. 강물은 모든 것을 다 알아요. 그렇기에 강물에게서 모든 것을 배울 수 있습니다. 보세요. 당신도 벌써 배운 게 있어요. 아래를 향해 가는 것, 가라앉는 것, 깊이를 구하는 것이 좋다는 사실을 말이지요.

산스크리트어로 '싯다르타'는 '자신의 목표에 도달한 사람'을 뜻한다고 해요. 헤세의 싯다르타는 누군가 정해놓은 획일화된 길을 버리고 스스로 정한 길을 자신만의 의지대로 걸어가는 인물이지요. 온전한 자기 자신으로 우뚝 서는 이 영적 루트가 그에게는 생의 최대 목표인 셈입니다.
이 위대한 작품에는 밑줄 긋고 싶은 구절이 아주 많지만, 개인적으로 하이라이트라고 여기는 장면이 있습니다. 바로 뱃사공을 처음 만나는 장면인데요. 모든 존재가 자신만의 여정에서 아름다움을 드러내고 있고, 그것에 가만히 귀기울이는 법을 익히라는 뱃사공의 이야기가 오래도록 기억에 남습니다.

# O10

## 그라시안 이 모랄레스 발타사르,
## 『세상을 보는 지혜』

쉬운 일을 마치 어려운 일처럼, 어려운 일을 마치 쉬운 일처럼 시
도하라. 자신감이 자만이 되지 않도록 전자처럼 시도하고 소심함
이 우리를 머뭇거리게 하지 않도록 후자처럼 시도하라.

---

글에 몰입하다 보면 이 문장이 17세기 인물이 쓴 문장이라는 사실을
잊어버릴 때가 있어요. 그의 격언은 시대를 초월해 많은 깨우침을 주
기 때문인데요. 격변의 시간을 살아가는 21세기의 우리들에게 무엇보
다 그의 간결하지만 강렬한 조언이 필요합니다.

쉬운 일은 어려운 일처럼, 어려운 일은 쉬운 일처럼 시도하며 각각 자
만과 소심함을 경계하라니요! 그의 글에는 이렇게 재치 있게 정곡을
찌르는 표현이 대부분이랍니다.

# 011

## 노자, 『도덕경』

**만족할 줄 알면 욕됨이 없고 멈출 줄 알면 위태롭지 않다.**

(지족불욕 지지불태 가이장구 知足不辱 知止不殆 可以長久)

---

예나 지금이나 가장 어려운 일은 만족하고 멈출 줄 아는 태도를 갖추는 일인가 봅니다. 그런데 만족하고 멈추기 위해 가장 필요한 것은 무엇일까요? 저는 무엇보다도 '자신을 잘 아는 것'이라고 생각해요. 자신의 욕망, 결핍, 행복의 기준이나 진짜 중요하게 생각하는 삶의 가치를 이해하는 것 말이지요. 나를 잘 알면 다름 아닌 '나 자신'을 위해 만족하고 멈출 줄 알게 되니까요.

## 하브 에커, 『백만장자 시크릿』

땅 위에 있는 존재를 만들어내는 것은 땅속에 있는 것이다. 눈에 보이지 않는 것이 눈에 보이는 것을 창조한다. 이게 무슨 뜻일까? 열매가 달라지길 바란다면 우선 뿌리가 달라져야 한다는 말이다. 눈에 보이는 것을 바꾸고 싶으면 보이지 않는 것을 먼저 바꿔야 한다.

(알에이치코리아, 2020년, 29쪽)

그러니까 삶을 바꾸는 가장 강력한 힘도 결국 내 안에 있다는 의미겠지요. 하지만 단지 '가지고 싶다.', '되고 싶다.'라고 외치는 것에 그치지 않고 그것을 실질적인 가치로 바꾸는 과정이 필요합니다. 그것이 바로 '행동'일 것이고요. 내 꿈과 목표에 '실천'이라는 동적인 에너지를 보태면 그것은 반드시 현실에 모습을 드러낼 거예요.

## 박소연, 『일하면서 성장하고 있습니다』

마음 속이 시끄러운 바로 그때, 우리가 구한 '누군가'를 떠올려보자. 우리의 일과 연결된 누군가는 언제나 있다. 우리의 일은 누군가에게 가치 있는 일이다. 우리가 모두를 구하지는 못하지만, 누군가의 삶에서 반짝이는 일부의 순간만큼은 확실히 구해주고 있다.

(더퀘스트, 2022년, 401쪽)

책 쓰기가 힘겨울 때 제가 종종 되새기는 문장입니다.
'나의 일은 누군가의 삶에서 반짝이는 순간의 일부를 함께하고 있다.'
이처럼 확실히 동기 부여가 되는 문장도 드물지요. 때로는 큰 관점에서 '나의 일(나의 업)'을 바라보는 태도가 필요합니다. 모두가 각자의 일을 가지고 이 세상을 멋지게 만드는 데 일조하고 있으니까요.

## 전소영, 『삶의 방향이 달라져도 괜찮아』

인생의 모든 순간, 모든 것이 나의 뜻대로 된 것은 아니었지만 돌이켜보면 그 나름대로 괜찮았다. 방향이 틀어져도 그 안에서 새로운 의미를 찾았고 결국에 내가 노력한 것들은 허공에 사라지지 않았다. 과거의 경험들을 바탕으로 현재 문제의 해결책을 찾을 수 있었다. 지금의 어려움도 언제까지고 계속되리란 법은 없다. 나의 삶은 날씨 그 자체였고 나와 늘 함께해 주었던 9년의 날씨도 나의 삶이었다.

(알에이치코리아, 2023년, 35쪽)

---

9년간 하던 기상 캐스터 일을 그만두고 대기업 인사팀 직원이 된 전소영 작가님은 말해요. 어떤 방향이든 어떤 꿈이든 다 괜찮지 않겠냐고요. 그 평범한 말이 아주 크게 들려왔습니다. 삶에 정답이 없다는 걸 알면서도 끝없이 남들의 삶, 세상의 기준을 곁눈질하며 살게 되거든요. 여든이 넘은 저희 할머니는 잊을 만하면 종종 말씀하세요.

"살아보니 다 괜찮더라."

남들 장단에만 맞춰 살려고 애쓰지 않는다면 내 진심이 닿았던 길은 다 괜찮은 것이라고요.

## 정경하,
## 『흙에 발 담그면 나도 나무가 될까』

남천은 상록성 나무인데 사계절 푸른 다른 상록성 나무들과 달리 겨울에 붉게 단풍이 든다. 가을 단풍에 비교한다면 늦은 시간이라고 할 수 있겠지만 식물들은 각자 살아가는 속도가 어떻든 자신만의 '때'에, 자신만의 '속도'로 물들어갈 뿐이다. 남천은 겨울철에 주렁주렁 빨간 열매를 달고 새들을 챙기는 것도 잊지 않는다.

(여름의서재, 2024년, 23쪽)

나무마다 자신이 돋보이는 계절이 있다고 하는데, 하물며 사람은 어떨까요. 모두의 때와 속도, 색깔이 다르다는 사실을 지천에 널린 나무는 매일 우리에게 상기시켜주고 있습니다.

가장 완벽한 순간 찾아올 '나만의 때'를 위해 나무처럼 최선을 다해 오늘의 삶을 살아 봅니다.

# O16

## 황은정, 『무빙 세일』

'진짜 질문'을 물어야 했다. 아주 예리하고 도저히 빠져나갈 수 없는 질문이어야 했다. 그러고는 나는 그 질문 앞에 정직하게 서서, 좋은 대답이나 정답이 아닌 진짜 내 마음과 내면의 진실을 드러내어야 했다.

(샨티, 2019년, 11쪽)

누구나 한 번쯤은 '진짜 질문'에 답해야 하는 순간이 옵니다. 피할 수 없는, 오직 나만이 대답할 수 있는 가장 깊은 곳의 물음표에 정직하게 답해야 하는 순간이지요. 제대로 답하는 순간 어쩌면 다시는 이전의 삶으로 돌아가지 못할 거예요. 어떤 식으로든 변화를 맞이하게 되거든요. 좋은 답, 멋진 답이 아닌 내면의 진실을 드러내는 답이 필요한 순간입니다.

당신이 마주해야 하는 '진짜 질문'은 무엇인가요?

# O17

## 이현수, 『엄마 마음 약국』

완전무결한 삶의 환상을 버리고 오늘을 잘 사는 데 집중하기 바랍니다. 비가 오면 우산을 펼치고 우산을 살 형편이 안 되면 빌리고 빌릴 사람이 없으면 잠시 집에서 비가 그치기를 기다립시다. 비가 그칠 동안 당신 삶에 대해 '말'하고 과거에 미처 알지 못했던 의미를 찾아 다시 엮어 보세요. 그러다 보면 어느새 하늘이 개어 있을 겁니다.

(알에이치코리아, 2021년, 240쪽)

돌아보면 모든 순간이 지금 내 삶을 이루는 데 꼭 필요했던 시간들인 것 같습니다. 고통과 아픔의 시간마저 그렇게 여겨지기도 해요. "정말 아무 고통도 없는 천진난만한 삶을 원해?" 신이 묻는다면 선뜻 대답하기 어려울 것 같아요. 가능하지도 않을뿐더러, 그 안에서 배우고 의미를 밝혀낸 것들이 너무나 크고 값지기 때문이지요.

## 루시 모드 몽고메리, 『빨간 머리 앤』

엘리자가 말했죠. 세상은 생각대로 되지 않는다고요. 하지만 생각대로 되지 않는 건 정말 멋진 일 같아요. 생각지도 못했던 일이 일어나잖아요!

---

저 모퉁이를 돌면 무엇이 있을지 알 수 없어 더 기대되는 것이 인생입니다. 애초에 모든 것이 정해져 있다면 우리 삶에 어떤 의미가 있을까요? 우리는 삶의 불확실성을 두려워하지만 어떤 날 그 사실을 가만히 곱씹으면 참 재미있게 느껴지기도 해요. 어떤 일이 벌어질지 모른다는 것은 굉장히 멋진 일이 예정되어 있는 것 같거든요. 마치 포장지를 뜯지 않은 선물 상자처럼 말이죠. 매 순간 삶이 내게 주는 '서프라이즈' 선물을 꼭 껴안아 보세요.

# 019

## 전소영, 『삶의 방향이 달라져도 괜찮아』

인생의 계획들을 아무리 미리 준비한다고 하더라도 어느 순간 예기치 못하게 맞닥뜨리는 상황들을 내 힘으로 오롯이 제어할 수는 없다. 날씨도 나의 삶도 뭐 하나 마음대로 쉽게 되는 것은 없었다. 하지만 계속해서 시행착오를 겪으면서 알게 된 것은, 날씨가 조금 변덕스럽다고 하더라도, 삶의 방향이 조금 틀어진다고 하더라도 우리가 걱정하는 것처럼 그리 큰 문제는 생기지 않는다는 것이다. 갑자기 소나기가 쏟아지면 편의점에 들어가 우산을 사면 되고, 주말에 비가 와서 야외 활동 계획이 틀어졌다면 다음으로 미루면 된다.

(알에이치코리아, 2023년, 20-21쪽)

계획대로 되지 않는다는 건 계획에도 없는 놀라운 기회를 가질 수도 있다는 말이지요. 가끔 영화를 보면 그런 장면이 나오잖아요. 악천후로 비행기가 연착되었는데 공항에서 우연히 운명의 상대를 만나 함께 비행기를 기다리며 사랑에 빠지는. 혹은 고객에게 매몰차게 거절당한 일을 계기로 놀라운 사업 아이템을 발견하기도 하고요.

내 계획이 언제나 가장 완벽할 것이라는 착각에서 벗어난다면, 잠깐의 혼란 뒤 삶이 가져다주는 선물 보따리를 풀어 볼 수 있을 겁니다. 그러니 일이 뜻대로 안 될 땐 속으로 외쳐 보세요.

'앞으로 얼마나 잘되려고 이래?'

## 이혜림, 『나만의 리틀 포레스트에 산다』

좋아하는 일을 즐기려면 하기 싫은 일도 실행해야 하는 순간이 온다. 또 가끔은 하기 싫은 일도 하다보면 좋아지는 순간이 있다. 한 소쿠리의 채소를 얻기 위해 여름 내내 종종거리며 텃밭에서 일해야 하는 것처럼. 세상에 거저 주어지는 것은 없다. (라곰, 2024년, 194쪽)

---

많은 사람들의 착각 중 하나는 '좋아하는 일'은 밑도 끝도 없이 모든 게 좋을 거라는 생각이에요. 좋아하는 일에도 '싫은 부분'이 반드시 포함되어 있습니다. 모든 싫어하는 일에도 '좋은 점'이 있는 것과 마찬가지로요. 어떤 일이 좋아서 시작했다가도 '지루함의 구간'에 들어서면 '이건 내 취향과 적성에 맞지 않아.' 하며 포기하게 되는데요. 세상에 100% 좋기만 한 일은 없다는 것을 꼭 기억해야 해요. 70%가 좋기에 나머지 30%를 기꺼이 감내할 수 있는 일이라면 찰떡이라고 할 수 있어요.

# O21

## 김애리, 『어른의 일기』

꿈을 이룬 많은 사람의 일상에는 일기가 존재할 것이라고요. 일기
장에 목표를 적으며 울고, 웃고, 고백하고, 성찰하고, 투덜거리고,
사랑하고, 자책하고. 일기는 꿈의 예고편입니다.

(카시오페아, 2022년, 83쪽)

제 인생에서 가장 소중한 보물은 바로 저의 일기장인데요. 그 과정의
기록 속에 다름 아닌 제 인생이 들어 있기 때문이에요. 그런 의미에서
모든 기록은 참 빛납니다. 아무리 슬프고 보잘 것 없는 기록일지라도
그래요. 오늘 묵묵히 해낸 일, 어제와 달라진 점, 내일의 크고 작은 기
대와 희망을 담담히 기록해가는 독백의 시간. 일상에 따뜻한 전구 하
나가 반짝, 켜진 것 같은 시간이에요.

# O22

## 호소다 다카히로, 『컨셉 수업』

뛰어난 경영자는 대부분 미래를 가시화하는 것을 매우 중요하게 여겼습니다. 교세라Kyosera의 창업자 이나모리 가즈오는 비전을 '현실의 결정체'라고 부르며, 비전을 달성한 모습이 흑백이 아닌 컬러로 보일 때까지 생각하라고 말했습니다.

(알에이치코리아, 2024년, 199쪽)

꿈을 이룬 방법은 제각각이겠지만 꿈을 이룬 많은 이들이 공통적으로 하는 말 중에 하나 '마치 손에 잡힐 듯 생생하게 그렸다'라는 메시지일 거예요. 그만큼 그것에 대해 자주, 간절히 생각했다는 뜻이겠지요. 미래를 위한 비전이란 그런 겁니다. '그 순간'을 어쩌면 '지금 이 곳에서' 미리 맞이해 보는 것이죠.

# 023

## 나봄, 『치즈덕이라서 좋아!』

처음에는 모두 하찮은 것에서 시작한대! 너무 작아 아무것도 예측할
수 없는 것. 그 정도로 하찮은 것에서 시작한대. 믿고 키워나가 볼래?
언젠가 모두 깜짝 놀랄 거야. 네가 가진 게 너무 거대해져서!

(필름, 2024년, 55쪽)

예전에는 저만치 앞서 간 누군가를 볼 때 묘한 시기와 질투가 뒤섞여
복잡한 마음이 들었어요. 그리고 내가 가진 무거운 마음과는 상반되게,
저 사람은 특별히 운이 좋았거나 태생이 남다를 것이라고 가볍고 쉽게
결론을 냈죠. 지금은 생각이 달라졌어요. 저 사람은 대체 어떻게 시작
의 '무게감'을 이겨냈을까? 아니, 어떻게 시작할 때의 '하찮음'을 이겨
낸 걸까? 어떻게 하나 하나 매 걸음마다 자신을 설득하며 걸을 수 있었
을까? 생각합니다.

## 024

## 차에셀,
## 『괜찮은 오늘을 기록하고 싶어서』

기록은 있는 그대로의 나를 제대로 사랑하기에 가장 좋은 방법 중 하나예요. '내가 이런 사람인 줄 알았는데 아니었구나', '이때 나는 이렇게 느꼈었구나', '내가 원하는 건 이거였는데 실제로 나는 저렇게 했구나', '나에게 정말 필요한 건 무엇일까', '내 진짜 마음은 무엇일까' 나와 관련된 수많은 질문에 대한 답을 밖이 아닌, 내 안에서 찾을 수 있는 실마리가 되어줍니다.

(로그인, 2024년, 6쪽)

---

제가 살면서 가장 오랜 시간 열심을 다한 일도 바로 '기록'입니다. 그것도 '나'에 대한 기록이요. 저는 기록을 통해 매일의 일상, 인간관계, 앞으로 이루고 싶은 꿈과 나의 상처, 두려움, 시간 관리에서부터 운동 습관까지, 그야말로 삶의 모든 것을 자세히 들여다봤습니다.

살면서 나에 대한 빅데이터를 확보하는 일만큼 중요한 게 또 있을까요? 언제 우울한지, 어떤 상황에서 자신감이 땅에 떨어지는지. 반대로 무엇을 할 때 슬픔을 거뜬히 이겨낼 수 있는지, 시간도 잊고 몰입하는 일은 또 무엇인지. 나를 구원하는 일이나 장소, 사람을 알고 있나요? 생각만으로도 마음이 편안해지고 위로를 주는 것은요? 지나고 보니 그 모든 기록 가운데 의미 없는 것은 없더라고요. 모든 게 나를 이루는 소중한 조각이니까요.

# 025

## 하브 에커, 『백만장자 시크릿』

당신이 지금 이때, 이 땅에, 바로 여기에 있는 이유가 분명 있을 것이고 그 사명을 다하기 위해 노력해야 할 의무가 있다. 당신의 퍼즐 조각을 세상에 더해야 한다. (알에이치코리아, 2020년, 109쪽)

---

나는 무엇을 위해, 왜 태어났을까?

나이가 마흔이지만 여전히 이런 물음이 떠오를 때가 있어요. 누군가 정해준 삶의 방식과 기준에서 벗어나 온전히 '나 자신'만 생각해 봅니다. 모든 사회적 책임과 의무에서 자유롭다면 나는 어떤 일을 하며 살고 있을까? 그저 오래 해 왔기 때문에 계속하고 있는 일 말고, 내 영혼을 웃게 만들어주는 그런 일을, 나는 과연 찾았을까?

이 질문의 끝은 늘 '에이 몰라, 그냥 재미있게 살자!'일지라도, 나만의 특별한 사명을 떠올리는 일을 멈추고 싶지 않습니다.

## 이아롬, 『별에게 맹세코 잘돼』

시간을 살면서 그 시간의 이름을 안다면 얼마나 좋을까. 배움이라
고, 행복이라고, 때로는 패배이며 또 어떤 때는 사랑이라고.

(롤링스퀘어, 2024년, 120쪽)

---

지금 이 시간이 의미하는 바를 미리 알 수 있다면, 우리는 이 모든 시간
을 조금 더 경건한 마음으로 소중히 대하겠지요. 그것이 배움이든, 행
복이든. 혹여 실패나 좌절이든. 오직 '이 시간'만이 우리에게 주는 선물
을 감사히 받아 보아요.
"오히려 좋아! 대체 얼마나 어메이징한 기회가 찾아오려고 이래!"
인생이 레몬 따위를 던져주어도 그걸로 세상에서 가장 맛있는 레모네
이드를 만들어 봅시다!

# O27

## 김애리, 『여자에게 공부가 필요할 때』

어른이 된다는 건 절망과 포기에 익숙해지는 과정이 아니다. 꿈꾸기를 지속하는 한 우리는 언제까지나 '청춘 여자'로 남을 것이다. 그러니 자신을 믿고, 이제 다시 한 번 일어서봄은 어떨까?

(카시오페아, 2014년, 7쪽)

---

100세 시대를 살아가는 우리에겐 아주 긴 시간과 기회들이 놓여 있습니다. 김미경 작가님은 심지어 한 강연에서 '지금 나이에서 모두 17을 빼야 한다!'고 이야기했죠. 중위연령도 그만큼 높아졌으니까요. '호모 헌드레드'에게 30대, 40대는 이제 막 출발점에 선 앞길 창창한 청년이거든요. 무엇이든 할 수 있고, 무엇이든 배울 수 있는 나이. 나 자신에게 가능성이라는 선물을 주세요. 나에게 꿈을 이룰 수 있는 마음의 여유를 건네세요.

## 제롬 데이비드 샐린저, 『호밀밭의 파수꾼』

살다 보면 인생의 어느 순간에 자신이 가지고 있는 환경이 줄 수 없는 어떤 걸 찾는 사람들이 있게 마련이야. 네가 그런 경우지. 그런 사람들은 자신이 원하는 것을 자신이 속한 환경에서 찾을 수 없다고 그냥 생각해버려. 그리고는 단념하지. 찾으려는 노력도 해 보지 않고 그냥 단념해버리는 거야.

세계에서 가장 유명한 성장 소설. 누구나 한 번쯤 그 제목을 들어 봤거나 읽어 본 소설, 『호밀밭의 파수꾼』. 이 소설이 시대를 뛰어넘어 사랑받는 데는 분명한 이유가 있겠죠. 책은 주인공 홀든 콜필드의 눈에 비친 허영 많고 위선적인 어른의 세계를 아주 생생하게 그려냅니다.
내가 속한 환경이 내게 무언가를 줄 수 없을 것이라 지레짐작하고 포기해버리는 것. 그 어떤 노력도 기울여 보지 않는 것. 이 구절을 오래 들여다보며 그런 어른으로 살지 말자고 다짐했던 기억이 나네요.

# 029

## 디팩 초프라, 『마음챙김의 순간』

모든 씨앗에는 수천 그루의 나무가 싹을 틔우리라는 희망이 담겨 있다. 마찬가지로 우리가 품는 모든 소망은 수천 가지의 것을 세상에 내보일 수 있는 소중한 씨앗이다. (알에이치코리아, 2024년, 67쪽)

얼마 전 작은 강낭콩 몇 개를 화분에 심었는데 금세 잎이 나와 쭉쭉 자라는 것을 보고 놀랐어요. 어찌나 빠르고 튼튼히 자라는지 이러다 집 천장까지도 금방 닿겠네, 싶을 정도였지요.

작은 씨앗 하나에 꽃을 피우고 열매를 맺고, 줄기를 지탱할 튼튼한 뿌리와 줄기까지 다 담겨 있다는 사실이 놀랍기만 합니다. 성장과 기적에 필요한 모든 요소가 그 안에 충분하다니. 마치 우리 자신 같다는 생각이 들었어요.

내 삶에 필요한 모든 것은 태어날 때 이미 내 안에 주어졌을 것이에요. 생명을 위해 필요한 모든 것을 다 담고 있는 씨앗 한 알처럼 말이지요. 내 안에 세계가 있고 우주가 있고 모든 가능성이 있고 천국이 있고, 심지어 새로운 생명을 품을 공간마저 넉넉하다는 사실이 경이로운, 그런 날입니다.

# O30

## 어니스트 밀러 헤밍웨이, 『노인과 바다』

지금은 가지고 있지 않은 걸 생각할 때가 아니야. 지금 가지고 있는 것으로 뭘 할 수 있는지 생각해 보란 말이다.

---

이 문장이야말로 이 위대한 작품을 관통하는 '하나의 문장'이 아닌가 싶습니다. 내가 가지지 않은 것 대신 지금 가진 것을 활용하여, 지금 할 수 있는 것부터 생각하는 것. 노인이 거대한 바다를 직면할 수 있었던 용기는 바로 이러한 생각에서 비롯한 것이었지요.

지금 나는 무엇을 가지고 있나요? 가지지 못한 것에 온통 정신을 빼앗기는 대신 현재 가지고 있는 것을 어떻게 쓸 수 있을지 고민해 보면 좋겠어요.

PART 2

나를 돌보고
상처를 치유하는 문장

타인과 세상에 마음을 다친 날이면 방문을 굳게 닫고 더 오랜 시간 필사를 하곤 했어요.

'그 모든 시간에도 불구하고 너는 여전히 살아 있다.', '그리고 너는 살아 있는 것만으로 이미 충분한 거야.'

이 말을 나 자신에게 들려주고 싶은데 직접 말할 용기도, 요령도 없어 그 숱한 문장들 사이를 배회했는지도 모릅니다. 그렇게 마음을 빗질하는 수백 개의 문장들을 만나면서, 스스로를 가장 크게 상처 입히는 것은 결국 나 자신이라는 말을 아프게 인정했습니다. 한편으로는 결국 나를 돌보고 안아주는 일을 '외주 없이' 스스로 해내야 한다는 사실도요.

마음이 시큰거리는 날의 필사는 그 무게감이 상당해요. 같은 문장도 더 깊이, 더 무겁게 내 안에 자리하게 되니까요. 세상 모든 아픔과 상처를 혼자 짊어지고 있는 것 같을 때마다 우리는 모두 상처 입는 존재임을, 그래서 서로의 상처에 진심으로 공감할 수 있는 존재임을 일깨우는 문장들이 있어 얼마나 다행인지.

나의 약함을 기꺼이 보듬어준 문장들로 인해 많은 것들을 배웠습니다. 무엇보다도 '나'를 삶의 중심에 두어야 한다는 사실을 배웠어요. 내가 느끼는 생각과 감정을 존중해주며 그 뿌리를 이해하기 위해 계속 노력해야 한다는 점도요.

내 마음의 세계를 더 잘 이해할수록, 내 세계는 그만큼 더 넓어집니다. 외로움, 슬픔, 분노, 질투, 자존감, 고통 그리고 사랑과 연대까지. 내 안에 들어 있는 것들을 더 잘 이해할 수 있게 도와주는 문장들을 만나보시기 바랍니다.

## 031

## 김혜령, 『내 마음을 돌보는 시간』

괴로움이 완벽하게 사라지지 않는다고 해도 절대 포기하지 않기를 바랍니다. 삶은 완벽하지 않지만, '점점 더 나아질 것'이라는 기대가 있다면 충분히 살 만하니까요. 조금씩 나아지는 과정, 조금씩 나아지기 위해 일상에 발을 굴리는 그 자체가 삶이라고 믿습니다.

(가나출판사, 2020년, 9쪽)

마음을 돌보고 치유하는 일의 핵심은 '스스로를 믿는 것'에 있지 않을까요? 내 마음과 삶을 점점 더 나아지게 만들 힘을 내가 가지고 있다고 믿는 것. 어떤 환경 속에서도 나 자신을 위해 가장 좋은 선택을 내릴 것임을 아는 것.

지금 일상이 엉망진창이라 해도 섣불리 결론짓지 말길 바랍니다. 우리는 매일 조금씩 나아지는 존재니까요. 그리고 그것으로 이미 충분합니다.

# 032

## 제프 포스터, 『경이로운 부재』

삶은 언제나 여기에서 일어나고 있었지만, 우리는 바삐 떠나기만 했습니다. 우리는 천장도 보지 못했습니다. 우리는 자기 자신을 바꾸려 하느라, 자기 자신을 뜯어 고치려 하느라, 다른 어떤 사람이나 다른 무엇이 되려 하느라 너무 바빴습니다. (…) 우리는 무엇이 되기 위해 애쓰는지는 모르면서, 단지 '이것'으로는 충분하지 않다고 느꼈습니다.

(침묵의향기, 2016년, 184-185쪽)

그리고 모든 고통은 '이것으로는 충분하지 않아'의 변주곡이라고, 이 책의 작가인 제프 포스터는 이야기합니다. 거울을 보면 늘 고치고 싶은 부위만 눈에 들어오나요? 지난 삶에서의 과오, 후회와 안타까움과 결핍만이 느껴지나요?

무언가를 바꾸기 위해 애쓰다가 인생이 전부 흘러가버릴지도 모를 일입니다. 물론 누구의 삶이든 더 좋은 변화가 필요한 부분이 있고, 변화를 지향하며 노력하는 것 또한 멋진 일이지요. 하지만 나 자신을 온통 부정적인 신념으로 채우고 늘 바꿔야 할 부분에만 집중하면 우리는 피폐해질 거예요.

# 033

히스이 고타로·다키모토 요헤이, 『마이 룰』

'인생은 영화'라고 믿고 자신을 객관화 해보면 현실과 나 사이에 공간, 다시 말해 여유가 생깁니다.
보통 영화에서는 제일 큰 괴로움에 처하는 게 '주인공'입니다. 문제가 가장 많이 일어나는 사람이 '주인공'입니다. 문제가 가장 적게 일어나는 사람이 '행인'입니다. (…) 왜 당신에게 괴로운 일이 생기는 걸까요? 그건 바로, 당신이 주인공이기 때문입니다.

(엘리, 2017년, 34쪽)

발상의 전환이 신선했던 글이었습니다. 매 순간 이런 태도로 삶을 대한다면 우리가 겪는 크고 작은 문제들은 '주인공이기에 거쳐야 할 필연적인 에피소드' 정도로 느껴질 거예요. 어쩌면 지금 '주인공(= 나 자신)'이 역경을 겪는 순간들은 영화에서 가장 중요한 클라이맥스기도 하겠고요.

우리는 언제나 각자 삶의 주인공입니다. 그리고 우리 삶은 정지된 흑백 무성 영화가 아니고, 우리는 지나가는 행인1이나 2도 아니지요. 주도권을 갖고 스토리를 완성해 가는 매력적인 주인공. 그게 바로 우리 삶에서 각자가 맡은 역할이에요. 그러니 이 정도 고난쯤이야! 아자, 아자! 어서 주머니에서 마법가루를 꺼내 들고 헤쳐 나가요!

# O34

## 제현주,
## 『내리막 세상에서 일하는 노마드를 위한 안내서』

무엇이 가장 중요한지 알았기에 그들은 기꺼이 '다르게 사는' 비용
을 치를 수 있었다.

(어크로스, 2014년, 49쪽)

---

그 시작은 나에게 가장 중요한 것이 무엇인지를 아는 것. 내 욕망을 제
대로 파악하는 것일 겁니다. 내 안의 욕망들을 하나하나 짚어 보며 삶
의 우선순위를 헤아리는 것이지요.

그리고 내 삶에 무엇이 가장 중요한지 아는 사람에게는 남다른 용기가
생기는 것 같습니다. 지금, 내가 지켜야 할 가치는 무엇인가요? 내가
지켜야 할 사람은 누구인가요?

# 035

## 막스 뮐러,『독일인의 사랑』

내가 짊어졌던 것처럼 자네도 삶을 짊어지게. 헛된 슬픔에 사로잡혀 하루라도 잃는 일이 있어서는 안 되네. 자네가 아는 사람들을 도와주게. 그들을 사랑하면서, 한때 이 세상에서 마리아 같은 성품의 사람을 만나 알고 지냈으며 사랑했던 사실을 신에게 감사하게. 또 그녀를 잃은 것까지도.

막스 뮐러가 생전 유일하게 남긴 소설책이 바로 이『독일인의 사랑』인데요, 소설이라기보다 한 편의 서정시처럼 읽힐 정도로 문체는 아름답고 섬세하지만 내용은 격정적인 사랑과 열정 그 자체입니다.

상대에게 뭔가를 끝없이 요구하는 사랑, 자신을 내세우는 이기적인 사랑 대신 타인의 모든 것을 겸허하게 수용하고 자신의 것을 전부 내어주는 사랑. 그래서 결국 그녀가 떠났음에도 불구하고 한때 그녀가 이 세상에 존재했다는 사실만으로도 위안이 되는 그런 사랑.

진정한 사랑의 실체를 규명하려는 작가의 아주 긴 독백처럼 느껴지는 작품입니다.

# 036

## 타라 브랙, 『자기 돌봄』

바다는 파도를 일으키지만 파도를 바다라고 여기지 않는다. '나'라는 온전한 존재를 '바다'라고 볼 때 시시각각 일어나는 크고 작은 감정의 파도는 '나'가 아니다. 파도와 '나'를 동일시하지 않고 그 파도를 인식할 때 '나'는 고요한 바다로 돌아올 수 있게 되는 것이다.

(생각정원, 2018년, 60쪽)

이 문장은 힘든 시기의 저에게 고통과 좌절을 바라보는 '다른 시각'을 선물한 문장입니다. 무슨 말이냐고요? 지금의 실패는 그저 지금의 실패로 남겨두게 되었다는 말이에요. '나'라는 존재 자체가 곧 실패가 아니니까요. 지금 이 순간의 내리막으로 내 인생 전체를 판단할 수는 없으니까요.

'나 = 우울'도 아니고 '나 = 낮은 자존감'도 아니고, 마찬가지로 '나 = 게으르고 못나고 쓸모없는 사람'이 아닙니다. 우리의 감정은 바다를 이루는 물방울 하나, 혹은 왔다가 사라지는 파도와도 같아요. 나는 내 감정보다 큰 존재입니다. 나는 이 모든 것들이 담겨 있는 바다입니다.

# 037

## 니시 다케유키,
## 『인생은 당신의 말로 결정된다』

다른 사람과의 커뮤니케이션을 능숙하게 하고 싶다면 먼저 스스로와 마주해 보기를 바란다. 자신과의 대화가 잘 되면 상대방과도 문제없이 대화할 수 있기 때문이다. (알에이치코리아, 2024년, 191쪽)

타인에 대한 비난과 비판이 강한 사람일수록 사실은 스스로를 미워하는 중이라는 이야기를 들은 적이 있습니다. 내 안에 억눌린 열등감이나 죄책감을 자극하며 비춰주기에 남들의 작은 실수도 용납할 수 없는 것이라고요. 굉장히 일리 있는 말이라는 생각이 들었어요.

자신에게 관대하고 마음에 여유를 가진 사람, 평소 스스로를 존중하고 내면과 잘 소통하는 사람은 당연히 남들에게도 그렇게 대할 수밖에요. 그러니 누군가가 끔찍이 싫거나 대화가 안 통해서 어려움을 겪는 중이라면 일단 나 자신과의 관계부터 점검해 보세요.

# O38

## 빈센트 반 고흐,
## 동생 테오에게 보내는 편지 중에서

겨울이 지독하게 추우면 여름이 오든 말든 상관하고 싶지 않을 때가 있어. 부정적인 것이 긍정적인 것을 압도하는 것이지. 하지만 우리가 받아들이든 받아들이지 않든 냉혹한 날씨는 결국 끝나게 되어 있고, 화창한 아침이 찾아오면 바람이 바뀌면서 눈이 녹아내릴 거야. 그래서 늘 변하게 마련인 우리 마음과 날씨를 생각해 볼 때, 상황이 좋아질 수도 있다는 희망을 품게 돼.

---

끝나지 않을 것 같은 모든 것이 결국은 지나가기 마련이라는 이 단순한 진리는 얼마나 큰 위로가 되는지요. 마음에 지옥이 펼쳐진 것 같을 때 우리는 흔히 영원히 이 지옥의 굴레를 벗어날 수 없을 것 같다는 착각에 빠집니다. 하지만 결국 모든 것은 계절처럼, 날씨처럼 바뀌지요. 고통의 시기에 우리에게 필요한 것은 찰나에 피었다 지는 벚꽃처럼, 모든 게 결국은 사라진다는 삶의 속성일 것입니다.

# O39

## 웨인 다이어, 『인생의 태도』

실제로 우리 인생을 지배하고 통제하는 것은 우리가 직시하지 않는 대상들입니다. 똑바로 바라보지 않고 그저 사라져버리길 바라면서 계속 무시하고 있는 것들이요. (더퀘스트, 2020년, 112쪽)

---

지금 내가 눈을 돌리고 있는 '그것'은 무엇인가요? 너무 두려워서, 너무 복잡해서, 너무 귀찮아서 매번 똑바로 바라보기를 꺼리는 '그것'에 아주 중요한 열쇠가 숨겨져 있을 거예요. 이제 그것을 찾아서 문을 열어보는 겁니다. 생각지 못한 엄청난 선물이 숨어 있을지도 몰라요.

## 040

## 이현수, 『엄마 마음 약국』

우리가 할 수 있는 일은 오늘 최대한 사랑하는 것뿐입니다. 그 사랑이 어떤 결과에 이를지는 우리 소관이 아닙니다. 오늘을 최대한 열심히 살아도 언젠가 죽는 것처럼 말이죠. (알에이치코리아, 2021년, 91쪽)

---

누군가를 사랑할 때는 이별 후의 시간이 두려워 온전히 그 시간에 전념하지 못하고, 막상 헤어지고 나서는 그때 하지 못한 일들을 후회하며 아파한다면? 이현수 작가님의 말처럼 우리가 할 수 있는 것은 지금이 순간 최선을 다해 최대한 사랑하는 것뿐입니다. 혹시 이 사랑이 '밑 빠진 독에 물 붓기'라 할지라도, 사랑한 순간과 기억은 우리 안에서 영원히 우리에게 숨을 불어넣어줄 거예요.

# 041

## 줄리아 캐머런, 『아티스트 웨이』

결국 나에게 필요했던 것은 거대하고 극적이고 파격적인 변화가 아니었어요. 그건 복잡한 감정(알고 보니 걱정했던 것보다는 덜 복잡한 감정)을 정리하는 것이었어요.

(청미, 2020년, 403쪽)

---

인생이 엉망진창으로 느껴진다면 감정을 들여다볼 때라는 시그널입니다. 오래 회피해 온 감정의 본질을 솔직하게 들여다보고 글로 쓰며 하나씩 정리해 보세요.

# O42

## 김선현, 『다시는 상처받지 않게』

마음의 상처도 몸의 상처와 크게 다르지 않습니다. 아프고 보기 흉하다며 꼭꼭 숨겨놓기만 한다면, 상처는 보이지 않는 곳에서 곪아 터지고 결국 몸 전체에 독기를 퍼뜨릴 것입니다. 반면에 상처를 드러내어 소독하고 잘 관리하면, 처음에는 쓰라리고 아프겠지만 곧 아물 것입니다. 흉터가 남아 속이 상할 수도 있겠지만 언젠가는 '그래, 그런 일도 있었지'라며 넘길 수 있지요. (여름의서재, 2023년, 41-42쪽)

아이를 키우다 보면 갑작스럽게 열이 나고 아플 때가 있는데요. 어른들은 꼭 이렇게 말씀 하시더라고요. 아프고 나면 훌쩍 커 있을 거라고. 처음엔 그 말이 잘 이해가 안 되었어요. 하지만 아이를 여러 해 키우며 '초보엄마' 딱지를 떼고 난 다음 비로소 깨닫게 되었습니다. 아이 역시 나름의 고통을 겪으며 성장하고 면역력을 키워나간다는 사실을요. 엄마 역할을 맡은 저는 그저 아이가 그 시간을 잘 견뎌내주길 바라며 할 수 있는 최선을 다하는 것밖에는 달리 해줄 수 있는 게 없습니다. 우리 마음의 슬픔에도 어떤 '역할'이 있을까요? 이 문장이 그 답을 대신해주네요. 슬픔과 어둠의 역할은 마음의 모든 문을 열기 위한 것이라고요. '축복'은 프랑스어 '상처입다'와 어원이 같다고 하죠. 미국 인디언들의 말처럼 어쩌면 인생에서 가장 축복 받은 시간은 슬픔을 직면할 계기를 만나게 된 시간인지도 모릅니다.

## 043

## 씨리얼, 『나의 가해자들에게』

언젠가 상담 선생님하고 상담을 하다가 그분이 분노를 하셨어요.
제 이야기를 듣고 분노하시고 울컥하시고, 근데 그게 제 고통에 대
한 첫 공감이었거든요. '내 시간을 이렇게 공감해 줄 수 있는 사람
이 있구나.' 그게 너무너무 감사했고, 이렇게 살아남아 성장할 수
있는 발판이 되어 줬던 거 같아요.              (알에이치코리아, 2019년, 59쪽)

이 책은 학교 폭력에 대한 아픈 기억을 안고 어른이 된 이들의 인터뷰
집입니다. 중간중간 읽기를 이어가기 힘들 만큼 고통스러운 고백들도
많았어요. 그런데 어떤 인터뷰이의 입에서 이런 얘기가 흘러나옵니다.
자신의 고통에 대한 공감을 받은 것이 결국 자신을 살아남아 성장할
수 있게 만들었다고요. 진심 어린 공감은 한 사람의 인생을 일으켜 세
우는 힘을 가지고 있습니다. 누구나 각기 다른 고통을 안고 있고, 살면
서 고통을 피할 수는 없겠지만 서로가 서로의 고통에 기꺼이 공감해줄
수는 있을 거예요.

# 044

## 황은정, 『무빙 세일』

그래서 행복의 방향을 향하는 모든 탐색은 옳다. 길을 찾으려는 오늘의 방황은 그러므로 모두 전진이다. (산티, 2019년, 149쪽)

---

삶에 쓸모 없는 시간은 하나도 없다고 하지요. 심지어 고바야시 츠카사라는 일본 작가는 이렇게 말했습니다. 단 하나의 괴로움도 헛되지 않으며 한 방울의 눈물, 한 방울의 피도 그냥 버려지는 것이 아니라고. 지금 길을 잃고 헤매는 그 탐색은 충분히 옳습니다. 나다운 길을 찾으려는 그 모든 여정이 전진이니까요.

# 045

## 김소월, 시 「고락」 중에서

무거운 짐 지고서 닫는 사람은
기구한 발부리만 보지 말고서
때로는 고개 들어 사방산천의
시원한 세상 풍경 바라보시오.

---

김소월 시인의 시 「고락」의 첫 문단에 나오는 구절입니다.

사는 게 힘들수록 자세는 점점 더 구부정해지는 것 같아요. 내면의 상태는 시키지 않아도 몸이 더 잘 표현하거든요. 자신감이 없고 하는 일이 안 풀릴 때 우리의 시선은 바닥을 향하고 고개는 떨구며 걷게 되지요. 하지만 김소월 시인은 말합니다. 무거운 짐 짊어지고 갈수록 기구한 발부리만 보지 말고 시원한 세상 풍경 바라보며 위풍당당 걸어 보라고요. 속이 뻥 뚫리는 조언 아닌가요?

# 046

## 김소월, 산문 「시혼」 중에서

그러나 여보십시오. 무엇보다도 밤에 깨어서 하늘을 우러러 보십시오. 우리는 낮에 보지 못하던 아름다움을 그곳에서 볼 수 있고 느낄 수도 있습니다. 파릇한 별들은 오히려 깨어 있어서 애처롭게도 기운 있게도 몸을 떨며 영원을 속삭입니다.

---

김소월 시인이 말한 '밤 하늘'은 물리적인 공간이면서도 동시에 우리 인생에 드리우는 긴 어둠의 시간을 뜻하기도 합니다. 그런데 어둠 속에서만 볼 수 있는 것도 있거든요. 환한 대낮에는 눈에 띄지 않다가 고요하고 칠흑 같은 시간이 찾아와야만 알아볼 수 있는 것들도 있어요. 힘들고 캄캄한 시간에 우리 곁에 문득 '별 하나'가 반짝입니다. 그동안 잊고 살았던 사람이나 내가 가지고 있는 것들에 대한 감사의 마음이 올라오기도 하고, 기대조차 없었던 누군가에게 도움의 손길을 받기도 하지요. 나답지 않은 목표를 좇아 긴 시간을 허비했다는 깨달음, 인생에서 진짜 중요한 것이 무엇인지에 대한 성찰. 모두 어둠의 시간이 우리에게 주는 별 같은 선물입니다.

## 047

## 디즈니 프린세스,
## 『디즈니 프린세스, 내일의 너는 더 빛날 거야』

일상적인 인간관계나 연애는 모두 두 사람이 서로를 마주보는 일
입니다. 그러니 필연적으로 문제나 갈등이 생기지요. 그런 상황에
서 어떻게 대응하는지에 따라 앞으로의 관계도 달라집니다. 너무
막막해서 마땅한 대안이나 합의점이 보이지 않는 일이라도 일단
"괜찮아, 같이 해결하면 돼" 혹은 "괜찮아, 같이 생각해보자"라는
말로 시작해보세요.

(알에이치코리아, 2019년, 44쪽)

'괜찮아'라는 말의 힘을 절감한 순간이 몇 번 있습니다. 내 좁은 틀에 갇
혀 세계가 와장창 부서졌다고 느껴지던 순간 따뜻하게 손을 맞잡으며
"괜찮아." 해주던 주변 사람들 덕에 진짜로 괜찮을 수 있었어요.
연애든 결혼이든, 우정이든 육아든, 살다 보면 '괜찮아'라는 말을 주고
받아야 할 때가 생각보다 많아요. 그 말만큼은 아끼지 말고 건네기로
결심합니다. 괜찮아, 같이 해결해 보자. 괜찮아, 같이 생각해 보자. 괜찮
아, 내가 있잖아.

# O48

## 잘랄루딘 루미, 시 「여인숙」 중에서

인간이라는 존재는 여인숙과 같다.
매일 아침 새로운 손님이 도착한다.

기쁨, 절망, 슬픔
그리고 약간의 순간적인 깨달음이
예기치 않은 방문자처럼 찾아온다.

그 모두를 환영하고 받아들여라.
설령 그들이 슬픔의 군중이어서
당신의 집을 난폭하게 쓸어 가 버리고
가구들을 몽땅 내가더라도

---

내게 찾아온 다양한 감정들을 잘 받아들이는 법을 배우는 것만큼 중요한 문제도 없는 것 같습니다. '기쁘고 즐거울 때의 나'뿐만 아니라 슬프고 우울해서 '기댈 어깨가 필요할 때의 나'도 존중해주세요. 잠깐 스쳐가는 손님인 이 감정에 휘둘리기보다 그를 잘 맞이해 내게 전하는 '진짜' 이야기에 귀기울여 보세요. 나의 모든 감정에 열린 마음이 될 때, 나를 진정으로 이해하고 잘 보살필 수 있게 됩니다.

## 한용운, 시 「사랑」

봄 물보다 깊으리라.
가을 산보다 높으리라.

달보다 빛나리라.
돌보다 굳으리라.

사랑을 묻는 이 있거든
이대로만 말하리.

---

한평생 거대하고 영원한 숙제 같은 것, 사랑.

그런데 우리는 사랑을 너무 복잡하게 생각해서 더 어렵게 느끼는 게
아닐까요? 한용운 시인이 속삭이는 사랑은 간단하고 명료합니다. 사실
긴 말이 필요 없죠. 누군가를 진심으로 사랑할 때 우리는 세상에서 가
장 정확하고 단순한 사람이 되니까요.

# 050

## 김애리, 『어른의 일기』

남들이 어디서 무얼 하든 무슨 상관일까요? 어제의 내 삶과 비교해 내 식대로 잘 걷고 있다는 확인이 가장 크고 깊은 안도감과 충만함을 주는 걸요.

(카시오페아, 2022년, 23쪽)

완벽히 행복해지는 비결은 모르지만 무조건 불행해지는 확실한 한 가지는 바로 남들과의 비교입니다. 누군가의 하이라이트와 나의 오늘을 비교하는 것. 내 삶이 하찮고 보잘 것 없어 보이는 건 시간문제죠. 비교는 오직 '어제의 내 삶'과만 하는 거예요. 내 속도대로, 내가 정한 방향으로 걸어가고 있다면 안심하기 바랍니다.

# 051

## 마더 테레사의 말

아픔이 느껴질 때까지 사랑하세요.
사랑의 성공은 사랑함, 그 자체에 있으니까요.
사랑의 성공은 사랑함의 결과에 있지 않습니다.

---

사랑의 성공은 그 결과에 있지 않다는 마더 테레사는 삶 전체를 통해 사랑을 증명한 분이시지요. 누군가를 사랑한다는 것은 아픔의 가능성을 동반하는 일이에요. 하지만 상처받을 용기를 낼 충분한 가치가 있다고 생각합니다. '시간 낭비'로 끝나는 사랑은 없는 것 같거든요. 누군가를 사랑할 때만 보이는 진짜 나의 모습이 있어요. 사랑의 과정 속에서만 비로소 드러나는 나라는 사람의 바닥과 뿌리가 있습니다. 희생, 기대, 배신, 두려움, 희망과 진실. 이 모든 모습을 확인할 수 있다는 것, 그런 의미에서 모든 사랑은 '성공'입니다.

# 052

## 웨인 다이어, 『인생의 태도』

'삶에서 내가 경험하는 일들은 저 바깥에 존재하는 것들을 어떻게 인지했느냐에서 온다'라는 생각을 받아들이기 바랍니다. 내 삶에서 벌어지는 일들은 모두 내 책임이라는 말입니다.

(더퀘스트, 2020년, 19쪽)

결국 내가 보는 것과 느끼는 모든 것이 내 책임이라는 말입니다. 우리에게는 결과를 선택할 수 있는 내면의 힘이 자리한다는 의미겠지요. 이 사실을 진정으로 깨달으면 인생을 바라보는 시선과 태도가 달라질 수밖에 없을 거예요. 모든 것은 '내게' 있다는 사실. 내가 허락하지 않는 한 그 어떤 것도 나를 진정으로 불행하게 만들 수는 없다는 사실을 말이지요.

# 053

## 김애리,
## 『글쓰기가 필요하지 않은 인생은 없다』

삶은 끝도 없는 상실의 연속이다. 하지만 언제나 그랬듯 사랑은 또 올 것이다. 그는 가도 나는 남고, 슬픔에 사로잡혀도 인생은 계속 흘러간다. 다음 사람을 더 깊이 사랑하기 위해, 우리는 '잘' 헤어져야 한다. 내일의 나를 위해 과거의 나와 화해해야 하고, 다음 번 도전을 위해 어제의 실패를 이겨내야 한다. 새로운 나로 다시 태어나기 위해서는 슬픔의 흐름을 이해하고 제대로 소화해야 한다.

(카시오페아, 2017년, 41쪽)

꿈, 목표, 사랑하는 사람, 이데올로기, 젊음, 명예, 직장이나 직업 등 정체성의 일부⋯ 살면서 애도해야 할 대상이 생각보다 많다는 생각을 합니다. '애도'라는 단어가 조금 거창하게 들린다면, '잘 보낸다'라고 이해하면 쉬울 거예요. 그런데 우리는 결핍이나 상실감을 어루만질 새도 없이 뒤도, 옆도 보지 않고 앞만 보고 달려가죠. 잘 헤어져야 다음 사랑을 잘 만날 수 있듯이 삶의 많은 부분을 잘 보내는 연습이 필요합니다.

# O54

## 송형석, 『나라는 이상한 나라』

처음에 할 일은 작은 것을 놓치지 않는 것이다. 긍정적 감정은 아주 작을 때가 많다. 친구에게 펜을 빌려주고 싶은 마음, 개미를 밟지 않으려는 마음, 하늘을 보고 든 '참 아름답구나' 하는 생각 등. 이를 남에게 굳이 말할 것까진 없다고 해서 자기 자신에게까지 숨기지는 않아야 한다. 자기 자신에게 '내가 이런 생각을 했구나. 흠, 꽤 착한걸' 하며 작은 칭찬이라도 꼭 하는 것이 좋다. 내가 말을 해 놓고 내가 더 기뻐질 것이다. (알에이치코리아, 2018년, 259쪽)

행복과 마찬가지로 긍정적 감정을 만나는 열쇠 역시도 '발견'에 있었네요. 일상 속에서 자꾸만 작고 사소한 것들을 발견해 보려는 습관을 키우는 것이죠. 주머니 속에 온갖 귀엽고 하찮은 물건들을 넣어 다니는 5살 아이처럼, '어? 가르마를 반대로 탔더니 오늘 나 좀 괜찮네?' 하는 순간을 매일 '발견'하는 것.
그 밖에도 오늘의 날씨, 스웨터 색깔, 동료를 빵 터뜨린 농담과 엄마의 하소연을 꾹 참고 들어준 저녁 무렵 통화까지. 눈을 크게 뜨고 '오늘의 긍정'을 보물찾기 해 봅니다.

# 055

## 헤르만 헤세, 『지와 사랑』

해와 달이 혹은 바다와 육지가 서로 접근할 수 없듯, 서로 접근하지 않는 게 우리의 과업이야.
우리 두 사람은 말하자면 해와 달이며, 바다와 육지란 말이지.
우리의 목표는 하나로 결합하는 것이 아니라 오히려 서로를 인식하고, 서로를 통찰하고 존경하는 법을 배우는 거야. 상반되는 것과 보완할 것이 무엇인가를 말이야.

---

서로에게 접근하지 않는 것이 '과업'씩이나 된다니. 이 구절은 읽을 때마다 어쩐지 서운하게 느껴졌는데, 이후 수많은 동서양 현자들의 책을 접하며 비슷한 이야기를 각자의 언어로 설명하고 있다는 걸 발견했죠. 존 F. 케네디는 말했습니다. '불을 대하듯 사람을 대하라. 타지 않을 정도로 다가가고, 얼지 않을 정도로 떨어져라.'
제가 생각하는 가장 이상적인 관계(사랑)의 형태도 결국 이렇습니다. '둘인 하나, 혹은 하나인 둘'의 모습이죠. 상대를 내 틀에 억지로 밀어넣는 것이 아니라 각자의 다름을 인정하고, 이해하고, 보듬으며 하나 같은 둘의 모습으로, 둘 같은 하나의 모습으로 살아가는 것이요.
지금 당신의 사랑은 어떠한가요? 지나치게 가까이 다가가 상대를 태우고 있는 것은 아닌지, 너무 멀찌감치 떨어져 얼어붙게 만들고 있는 것은 아닌지 돌아보기 바랍니다.

# 056

## 디팩 초프라, 『마음챙김의 순간』

딱딱한 논리 너머에 시詩가 있다. 아름다운 시 너머에 음악이 있다.
음악 너머에 춤이 있다. 춤 너머에는 사랑뿐이다.

(알에이치코리아, 2024년, 30쪽)

---

나라는 존재 자체가 곧 사랑입니다. 그러니 내가 그토록 찾아 헤매던
것들을 온전히 건넬 수 있는 사람도 바로 나 자신이겠지요. 단지 순간
의 외로움을 채워줄 누군가를 찾아왔다면 이제는 조금 다른 방식을 시
도해 보세요. 가만히 앉아 내 마음을 깊이, 오래 들여다보는 겁니다. 그
리고 느껴 보세요. 나에겐 늘 내가 있다는, 그 엄청난 사실을 말이에요.

# 057

## 니시 다케유키,
## 『인생은 당신의 말로 결정된다』

만약 평소에 사용하는 모든 말이 자신의 기분을 복돋아 주거나 새로운 발상을 만들어 내는 계기가 되거나 목표 달성을 도와준다면 어떤 변화가 일어날까? 사실 성공한 사람은 말로 자신의 인생에 도움을 주고 있다. (…) 그리고 앞으로의 인생에서도 마찬가지다. 우리에게 세상에서 가장 큰 영향을 주는 '나라는 존재'가 매일 어떤 말을 사용하고 어떤 대화를 하는지가 매우 중요하다.

(알에이치코리아, 2024년, 9쪽)

우리는 모두 스스로에게 채찍처럼 가혹한 언어 한두 개쯤은 늘 주머니에 넣고 다니는 것 같아요.

제 인생의 가장 큰 깨달음 중 하나는 '나 자신에게 하는 말을 바꿔서 인생 전체를 바꿀 수 있다'라는 것입니다. 말을 바꾼다는 것은 단순히 다른 단어나 문장을 사용한다는 의미가 아니라, 내 세계를 둘러싸고 있는 에너지를 바꾸는 일이기 때문이에요.

저도 '말(나에게 하는 말)'을 바꾼 뒤 삶이 달라졌습니다. 언어부터 바꾸는 게 어렵다면 순서를 뒤집어요. 생각을 바꾸고, 그 생각에 어울리는 언어만 쓰겠다고 결심하는 것이죠. 중요한 건 언어를 바꾸고 감정이나 사고를 원하는 방향으로 바꿔 결국 삶 전체를 변화시키는 거예요.

## 058

## 프랜시스 호지슨 버넷, 『비밀의 화원』

새로 아름다운 생각들이 예전의 끔찍한 생각들을 밀어내자 콜린에게는 삶이 돌아오기 시작했고, 피가 건강하게 혈관을 돌았으며, 힘이 홍수처럼 몸 안에 밀려 들어왔다. 못마땅하고 심드렁하게 만드는 생각들이 마음에 들어왔을 때에, 마음에 들고 용기 나는 생각들을 때맞춰 기억해 내어 나쁜 생각들을 단호히 밀어낼 수만 있다면, 누구에게라도 더 놀라운 일이 벌어질 수 있다. 한 장소에 두 가지 생각이 함께 할 수 없으니까. 아가, 네가 장미를 가꾸는 곳에 엉겅퀴가 자랄 수는 없단다.

---

장미를 가꾸는 곳에 엉겅퀴가 자랄 수 없다. 너무나도 아름답고 강렬한 문장입니다. 하나의 부정적인 생각을 했을 때 그것을 상쇄할 다섯 가지 긍정적이고 아름다운 생각을 품어 본다면, 콜린처럼 나쁜 생각들을 밀어내어 다시 살아갈 힘과 용기를 몸 안 가득 들일 수 있을 거예요.

# 059

## 유병욱, 『인생의 해상도』

저는 우리 모두 각자가 가진 '굳이'를 더 자랑스러워했으면 좋겠습니다. '굳이'는 당신만의 뾰족한 취향과 기준점입니다.

(알에이치코리아, 2024년, 215쪽)

---

나 스스로와 타인이 내뱉은 '굳이' 뒤에 묻어버린 수많은 일들을 떠올려 봅니다.

'남들 다 저렇게 사는데 너는 굳이 그렇게까지 해야 돼?'

'굳이 이제 와서 유난을 떨어?'

'그걸 굳이 그렇게 오래 붙들고 있겠다고?'

어쩌면 그것은 내가 사랑하고 지키고 싶은 것들이었을지도 모르겠습니다. 그래서일까요? '굳이'를 취향과 기준점이라고 표현해준 유병욱 작가님의 따스한 한 마디가 큰 위로가 됩니다.

# 060

## 김선현,『다시는 상처받지 않게』

가끔 그 어떤 위로의 말보다도 침묵으로 표현하는 마음의 언어가
더 가슴에 와 닿을 때가 있지요. 해가 지면 다시 뜨기 마련입니다.
영원히 끝날 것 같지 않은 슬픔과 아픔이 우리의 마음을 힘들게 하
지만, 이 밤이 지나면 동트는 새벽이 올 것입니다.

(여름의서재, 2023년, 97쪽)

때로는 누군가의 아픔에 침묵으로 함께해주는 것이 최선일 때가 있습
니다. 그가 감당하고 있는 것에 대해 그 어떤 조언이나 참견 없이 묵묵
히 곁을 지켜주는 일이야말로 가장 큰 격려와 힘이 되지요.
누군가의 막막한 시간에 함께 어둠 속에 앉아 있는 일. 그런 진정한 위
로를 해 본 적이 있으신가요?

PART 3

삶의 방향성과
가치를 세우는 문장

어디로 가야 할지 모른다면 열심히 걷는 행위가 과연 의미가 있을까요? 목적지를 정해두었다 해도 끝없이 흔들릴 수밖에 없는데 말이죠.

스트레스에 취약한 저는 매일 문장 하나를 이정표 삼아 살아가고 싶어집니다. 그게 바로 여기 나온 문장들을 만나게 된 이유이지요.

삶의 방향성과 가치를 점검하는 일은 매일 좋은 음식을 섭취하고 적당히 몸을 움직여 나를 건강하게 만드는 것처럼 꼭 필요한 일이에요. 나만의 기준과 가치가 없으면 세상과 남들의 것에 이리저리 휘둘릴 수밖에 없거든요.

나는 누구인지. 어떤 강점과 약점을 가졌는지. 어디로 가고자 오늘도 '그 일'에 시간과 에너지를 쏟고 있는지. 그리고 결국 내가 진짜로 원하는 삶은 어떤 모습인지.

이에 대한 나만의 해답을 아직 찾지 못하셨다면 먼저 그 길을 걸으며 찾은 이들의 이야기에 세심하게 귀기울여 보기 바랍니다. 유독 마음에 큰 울림을 주는 문장들은 한 글자 한 글자 입으로 따라 읽으며 가슴에 새겨 보세요. 결국 깊이 받아들인 문장만이 인생을 바꾸더라고요.

저는 오늘도 나를 구해줄 문장 하나를 꼭 움켜잡고 흔들림을 견뎌내요. 여러분도 그러하시길.

# 061

## 버지니아 울프, 『자기만의 방』

당신은 횃불을 손에 꽉 쥐고 저 모든 걸 탐험해야 할 겁니다. 무엇보다도 당신 영혼의 깊이와 얕음, 그 허영심과 관대함을 명확히 비추고, 당신의 아름다움 혹은 평범함이 당신에게 어떤 의미인지, 또는 모조 대리석으로 바닥을 깐 아케이드의 포목점들을 지나쳐 저 멀리 약병들에서 흘러나오는 희미한 냄새 한가운데 위아래로 흔들거리는 장갑과 신발과 잡동사니들의 이 끊임없이 변화하며 돌고 도는 세상이 당신과 어떤 관계가 있는지도 말해야 합니다.

---

100년이 지나도 유효한 책이 있습니다.
"여자들이여, 보다 창조적이고 자유로운 삶을 사세요! 자기만의 방에서 자기만의 수익을 만드세요!"
외치는 버지니아 울프의 『자기만의 방』은 1929년에 쓰였다고는 믿기 힘들 정도의 내용을 담고 있어요. 지금 읽어도 놀랍기 짝이 없습니다.
우리보다 먼저 삶을 탐험하며 '끝없이 훌쩍 뛰어넘고자' 노력한 그녀들이 있었다는 사실은 언제나 든든하고 또 눈물겹습니다.

# 062

우현수,『일인 회사의 일일 생존 습관』

나의 정체성을 위해 그리고 더 나은 브랜드를 만들기 위해 '하지 말아야 할 일 리스트'를 만드는 일은 중요하다. 그래야 어떤 중요한 순간을 맞이했을 때 허둥지둥하지 않는다. 고객들에게 나의 이야기를 당황하지 않고 온전하게 전하기 위해서라도 해야 할 것과 하지 말아야 할 것의 구분은 무척 중요하다. 그걸 잘 지켜낼수록 나와 우리 회사의 아이덴티티는 더욱 단단해진다.

(좋은습관연구소, 2023년, 50쪽)

어떻게 살아야 할지 막막하다면 역으로 '어떻게 살고 싶지 않은지'를 떠올려 보는 것도 좋은 방법입니다. '아무리 성공한다 해도 저렇게는 되지 말아야지.' 속으로 다짐하게 되는 인물이나 특정한 삶의 태도가 있나요? 해야 할 일을 파악하는 것도 중요하지만 때로는 '하지 말아야 하는 일들'에 대한 나만의 지침을 가지는 것도 필요한 일이지요. 경계하는 삶의 모습, 습관이나 태도에 대해 한 번쯤 숙고해 보기 바랍니다.

# 063

## 김혜령, 『내 마음을 돌보는 시간』

핸드폰을 매너모드로 변경하는 것처럼 우리 마음도 필요에 따라 모드를 변경할 수 있다면 훨씬 유연하게 살아갈 수 있을 것입니다. '아몰라 모드'는 '나는 결코 다 알지 못한다'는 겸손한 자세로, '슬로우 모드'는 '나는 섣불리 모든 걸 결론짓지 않겠다'는 지혜로운 자세로 세상을 대하게 하겠죠. (가나출판사, 2020년, 170-171쪽)

---

우리 마음도 상황에 따라 유연하게 '모드 변경'을 할 수 있다면? 그러면 우리는 훨씬 더 조화롭게 타인과 어울리고 자신에게도 더 친절한 사람이 되겠죠. 그런데 그렇게 하지 못할 이유도 없다는 생각이 듭니다. 일단 김혜령 작가님이 제시하는 두 가지 모드부터 익혀 볼까요? '그럴 수도 있지, 모를 수도 있어'의 아몰라 모드와 '인생사 새옹지마'의 슬로우 모드.

## 064

## 한창수, 『무조건 당신 편』

누군가에게 도움을 청하는 것은 '나를 지키는 용기'에서 비롯됩니다. 이것도 우리가 살아가면서 가져야 할 중요한 용기입니다.

(알에이치코리아, 2020년, 199쪽)

'도와줘'라는 말은 가장 용기 있는 자만이 내뱉을 수 있는 말이에요. 생각해 보세요. 도저히 안 될 것 같은 순간 누군가에게 그 한 마디를 꺼낸 기억이 있는지를. 저는 끝까지 혼자 참고 견디는 것이 가장 용기 있는 선택이라고 여겨왔던 것 같아요. 하지만 그 마음의 이면에는 어렵사리 꺼낸 말을 거절당하면 어쩌나 하는 두려움과 가장 가까운 사람들에게조차 밉보이기 싫다는 거짓 자존심이 있었습니다. 아무리 선한 의지를 가진 사람이라 해도 먼저 손 내밀지 않는 사람에게 알아서 도움을 주기는 힘들어요. 그러니 삶이 너무 고단해서 무거운 짐을 잠시나마 함께 들어줄 누군가가 필요할 때는 용기 있게 이야기해 보세요. "나를 좀 도와줄 수 있어? 지금은 네가 필요해."라고요.

# 065

## 김호, 『What Do You Want?』

중요한 것은 내게 답이 있는가 없는가가 아니라, 내가 원하는 삶이 무엇인지 묻고 싶은가 아닌가입니다. 그리고 스스로에게 하는 질문은 한 번에 끝나는 것이 아니라 지속하는 과정입니다.

(푸른숲, 2024년, 252쪽)

---

질문하는 삶을 산다는 것은 주도적인 삶을 산다는 의미기도 합니다. 질문하는 삶은 스스로 '선택'하는 것이기 때문이지요. 김호 작가님의 말에 따르면 질문을 던지는 것도 중요하지만 '올바른' 질문을 던지는 것은 더욱 중요한 일이에요. 잘못된 질문으로는 제대로 된 답을 찾을 수 없기 때문이에요. 예를 들어 어떤 일에 실수를 저질렀을 때, 우리는 흔히 이런 질문을 던집니다.

'아, 나는 왜 이 모양이지? 어쩜 이렇게 덤벙대지?'

이 질문에 대한 답은 늘 그렇듯 자기 비하와 자책으로 끝이 나요. 일말의 도움도 되지 못하는 질문인 것이죠. '왜?'라는 질문 대신 '어떻게?'로 바꿔 보세요. 상황 자체를 해결하기 위한 질문을 던진다면 제대로 된 답을 찾게 될 것입니다.

## 066

## 김연수,『청춘의 문장들』

어둠을 똑바로 바라보지 않으면 그 어둠에서 벗어날 수 없다는 것, 제 몸으로 어둠을 지나오지 않으면 그 어둠에서 벗어날 수 없다는 것, 어둡고 어두울 정도로 가장 깊은 어둠을 겪지 않으면 그 어둠에서 벗어날 수 없다는 것.

(마음산책, 2004년, 202쪽)

내 몫의 어둠은 오직 나만이 해결할 수 있다는 사실이 버겁고 잔인하게 느껴진 적도 있었어요. 어둠을 겪은 것도 억울한데 자꾸 어둠을 바라보라고 하네? 심지어 그 어둠을 다시 겪으라고? 너무한 거 아냐? 하는 마음이었지요.

그러나 진정한 치유와 변화가 일어나기 위해서는 오직 그 방법밖에는 없다는 것을 깨닫는 데는 긴 세월이 필요하지 않았습니다. 아픔을 제 힘으로 통과한 사람에게는 특별한 선물이 주어져요. 세상과 타인과 내 삶을 바라보는 또 다른 혜안이 생깁니다.

## 067

## 하브 에커, 『백만장자 시크릿』

생각이 감정을 낳고, 감정이 행동을 낳고, 행동이 결과를 낳는다.

(알에이치코리아, 2020년, 74쪽)

---

내 마음과 말과 행동이 일치하는 삶. 이것이야말로 진정으로 성공한 삶이 아닐까 하는 생각이 듭니다. 그렇다면 지금, 내 믿음과 일치하는 행동은 무엇인가요? 생각은 누구나 할 수 있습니다. 현실을 바꾸는 사람은 생각에 사로잡힌 사람이 아니라 지금 당장 의자를 박차고 일어나 '내 이야기'를 몸으로 써 내려가는 사람이에요. 간절한 마음은 누구나 낼 수 있어요. 중요한 건 간절한 행동입니다.

## 크리스 메틀러·존 야리안, 『스파크』

목적지로 나아가는 과정에서 새로운 자아가 등장하는데, 그 자아에 근접한 모습이 되기 위해 구체적이고 외적인 결과를 내려는 강한 의지가 바로 목적의식이라고 할 수 있다. (알에이치코리아, 2024년, 71쪽)

---

새로운 목표가 생기면 새로운 자아 하나가 생기는 듯합니다. 낡고 해묵은 '과거의 나'로는 도달할 수 없는 높은 목표일수록 더욱 그래요. 그런 의미에서, 목표의 달성 여부를 떠나 하나의 목표와 목적의식을 가진다는 것은 나의 새로움을 발견할 수 있는 멋진 기회지요.

# 069

## 순자, 『순자』

**자신의 단점으로 상대의 장점과 겨루지 마라.**

(무용오지소단 우인지소장 無用吾之所短 遇人之所長)

남들의 하이라이트와 나의 비하인드를 비교하지 말 것!

누가 한 말인지는 모르지만 SNS에 잊을 만하면 등장하는 이 시대의 진정한 명언입니다. 그 어느 때보다 비교하기 쉬운 세상에 살고 있는 우리는 종종 불공평한 저울질을 하는데요, 바로 나의 단점과 남들의 장점을 비교하는 것이지요. 그들이 하는 건 다 근사하지만 내가 하는 건 그저 한 차례 운이라고 생각한다면 순자의 이 문장을 조용히 읊어 보는 건 어떨까요?

# 070

## 하브 에커, 『백만장자 시크릿』

'결심decision'이라는 단어는 라틴어 'decidere'에서 유래한 것으로 '다른 대안을 잘라 없애다'라는 뜻이다. (…) 시간이 얼마가 걸리건 해야 할 일은 무엇이든지 한다. 전사처럼 싸운다. 핑계는 없다. '만약의 경우'도, '하지만'도, '어쩌면'도 없다.

(알에이치코리아, 2020년, 102쪽)

때로는 타협의 여지없이 결단을 밀고 나가야만 할 때가 있습니다. 아니, 그런 순간은 생각보다 많지요. 그저 말로만, 마음으로만 '담배 끊어야 되는데…', '운동해야 하는데…'가 아니라 다른 선택의 싹을 아예 배제해야 할 때가 있지요. 자기 합리화, 타협… 우리 그거 질리도록 많이 해 봤잖아요? 거의 100% 확률로 그 길의 끝에는 또 다른 괴로움과 불안이 자리합니다.

# O71

## 정경하,
## 『흙에 발 담그면 나도 나무가 될까』

'건강을 잃은 열심'은 오래가지 못하고 '목적 없는 열심' 또한 헛일
이다.

(여름의서재, 2024년, 33쪽)

---

사계절 식물을 벗삼아 살아가는 식물 세밀화가인 이 책의 작가 정경하
님은 말합니다. 자연처럼 균형을 잡으며 살아가는 일은 그 무엇보다도
중요하다고요. 지금 나의 열심은 혹시 '건강과 교환하는 열심', '목적 없
는 공허한 열심'은 아닌가 돌아볼 필요가 있습니다.

## 072

## 조 디스펜자,
## 『브레이킹, 당신이라는 습관을 깨라』

똑같은 생각을 하고 똑같은 행동을 하고 똑같은 감정을 매일 경험하면서 어떻게 인생에 다른 것이 나타나기를 기대할 수 있을까? 우리 모두는 이렇게 제한된 삶의 먹이가 되고 있다. (샨티, 2021년, 77쪽)

어제와 같은 오늘을 살면서 어떻게 다른 내일을 기대할 수 있을까요? 거듭되는 일상은 이미 습관이 되었고, 우리는 안타깝게도 무의식적인 패턴을 반복할 뿐입니다. 그렇다면 답은? 새로운 마음을 내고 새롭게 행동을 하는 것이지요. 낡은 생각과 감정의 패턴을 알아차리고 끊어냅니다. 그리고 내가 원하는 내 모습을 조금씩, 하지만 어제와는 다른 습관들로 연결해 나가는 것이지요.

# 073

## 김승호, 『알면서도 알지 못하는 것들』

꿈은 종이에 적으면 목표가 되고, 그것을 자르면 계획이 되고, 계획을 실현하면 현실이 된다. 목표를 잘게 조각 내어 매번 성공하라. 그것이 버릇이 되면 어느새 큰 성공을 차지하고 있을 것이다.

(스노우폭스북스, 2017년, 73쪽)

이 책의 작가인 김승호 회장님은 목표를 글로 적기, 일명 '100번 쓰기'로 이미 유명한 분입니다. 2005년 미국 휴스턴에 첫 번째 스노우폭스 매장을 오픈하던 날 저녁, 미국 지도를 펼쳐놓고 형광펜으로 점 300개를 찍었다는 일화는 유명하죠. 그리고 중요한 것은 그냥 막연한 상상만 하는 것이 아니라 실제로 점포 300개를 가진 사업가가 되기 위해서는 어떻게 해야 하는지를 손에 잡힐 듯이 구체적으로 그렸다는 사실입니다. 가맹점의 계약 내용은 어떠해야 하며, 본사는 어떻게 생겼고, 심지어 직원들의 유니폼과 메뉴의 포장 모양까지 말이죠.

지금 당장 목표를 글로 적어 보세요. 그리고 그것을 매일 아주 구체적으로 상상해 보는 거예요. 그것이 현실이 되기 위해 지금 당장 무엇부터 시작해야 할까요?

# 074

## 다니엘 디포, 『로빈슨 크루소』

위험을 향한 두려움은 위험 그 자체보다 천 배쯤 위험하다.

가장 거대한 두려움은 상상 속 두려움이라고 합니다. 그 어떤 두려움도 그 실체는 사실 우리의 머리 속에서 만들어놓은 것보다 크지 않다는 이야기겠지요.

지금 나를 사로잡고 있는 두려움을 자세히 들여다보세요. 확실한 대상과 이유가 있는 두려움일까요? 경험해 본 적이 없어 상상 속에서 몸집을 불리고 있는 '침대 밑 괴물' 같은 존재는 아닐까요?

# 075

## 조 디스펜자,
## 『브레이킹, 당신이라는 습관을 깨라』

나는 삶에 대해, 나 자신에 대해, 다른 사람들에 대해 내가 믿는 그것을 본다. 내가 무엇이고 어디에 있으며 누구라고 믿는 그것이 바로 나 자신이다. 믿음이란 의식적으로든 무의식적으로든 계속해서 삶의 법칙으로 받아들이는 생각을 말한다. (산티, 2021년, 155쪽)

'나는 항상 인기가 없고 사람들에게 미움 받는 사람이다.'
'나는 재능도 없는데 끈기도 없으면서 욕심만 그득한 사람이다.'
반면에,
'나는 어떤 일 앞에서도 가장 현명한 결정을 내리는 사람이다.'
'나는 결국 어떻게든 잘될 사람이다.'
진실이 무엇이건 결국 내가 믿는 모든 게 진실이 될 겁니다. 나에 대한 생각과 믿음이 곧 내 삶의 법칙이 될 테니까요.

# 076

## 김승호, 『돈의 속성』

좋은 돈을 모으려면 삶에 대한 확고한 철학이 있어야 한다. 돈의 주인이 좋은 돈만을 모으겠다고 마음먹으면 저절로 돈이 붙어 있게 된다.

(스노우폭스북스, 2020년, 245쪽)

이 책에서 말하는 '좋은 돈'이란 정당한 방법으로 차곡차곡 열심히 모은 돈, 합리적 투자나 사업의 이득, 급여 수입을 통해 얻은 남 보기에도 나 보기에도 '자랑스럽고 사랑스러운 돈'을 말합니다. 카지노에서 일확천금을 노리다 우연히 딴 돈, 남들에게 사기를 치거나 투기로 모은 '나쁜 돈'은 반드시 주인을 떠나게 되어 있다고 해요.

# 077

## 김소월, 산문 「시혼」 중에서

겨울에 눈이 왔다고 산 자신이 희어졌다는 사람이 어디 있겠으며, 초생이라고 초승달은 달 자신이 구상 鉤狀이라고 하는 사람이야 어디 있겠으며, 구름이 덮인다고 별 자신이 없어지고 말았다는 사람이 어디 있겠으며, 모랫바닥 강물에 달빛이 비친다고 혹은 햇볕이 그늘진다고 그 강물이 '얕아졌다' 혹은 '깊어졌다'고 할 사람이야 어디 있겠습니까.

우리는 가끔 '나의 현재 상황이나 감정'을 나라는 존재 자체로 착각할 때가 있어요. 지금 잠깐 취업에 실패했다고 '나 = 실패자'로 낙인 찍고, 몇 년 간 무기력감에 시달렸다고 앞으로의 인생 전체를 우울함으로 못 박아요. 그런데 김소월 시인의 이 산문이 제 마음에 와서 콕 박혔습니다. 구름이 덮인다고 별이 사라진 게 아니며 햇볕에 그늘진다고 강물이 변할 리가 있겠어요? 우리의 존재도 그럴 거예요. 이 세상에 유일무이한 나란 사람을 단지 이 상황의 한 조각으로 섣불리, 잔인하게 판단하지 않기로 해요.

## 씨리얼, 『나의 가해자들에게』

지금 당장 문제를 겪고 있을 때는 그 문제가 제일 크다고 느껴지잖
아요. 지금 나한테 보이는 것만이 전부라고 생각하고요. 절대 그게
전부라고 믿지 않았으면 좋겠어요. 진짜 세상은 넓고, 우리는 이미
빠르게 시련을 겪어 봤기 때문에 더 빠르게 성장할 수 있고, 남들보
다 생각을 더 깊이, 한 번 더 할 수 있는 거라고, 저는 생각하거든요.

(알에이치코리아, 2019년, 97쪽)

끔찍한 학교 폭력을 당한 기억을 이렇게 뒤바꾸어 생각할 수 있다니.
같은 상황을 다르게 해석하는 것을 심리학에서는 '인지적 전환'이라
고 합니다. 나의 약점을 '가능성'으로 바라보거나, 힘들고 아팠던 시간
을 '지금의 나'를 있게 만들어준 발판으로 여기거나. 지금 내게 필요한
인지적 전환은 무엇인지 이 구절을 천천히 읽으며 생각을 정리해 보길
바랍니다.

칼릴 지브란,
시「마음이 행하는 바를 따르십시오」 중에서

두려워하지 마십시오.
당신이 하고자 하는 일은
우리들 마음속에
살고 있는 신神이 결정하는 일입니다.

"그 꿈이 하필 나에게 찾아온 것은 특별한 이유가 있지 않을까요?" 꿈에 좌절하던 20대의 저에게 어떤 분이 해주신 말씀입니다. 그 순간 '아하!' 하는 짧지만 강렬한 깨달음이 찾아왔어요. 이후 저는 믿게 되었어요. 어쩌면 세상 누구보다 그 일을 가장 사랑하고 잘할 수 있을 거라고 여긴 신이, 나를 창조할 때 가슴 한가운데에 꿈 하나를 심었다고요. 그러니 어떤 마음이 강하게 나를 두드릴 때는 이미 내 안에 그것을 할 수 있는 능력도 함께함을 믿어 보세요. 신은 우리에게 그 두 가지를 같이 주었으니까요.

# 080

## 라이너 마리아 릴케,
## 『젊은 시인에게 보내는 편지』

나무처럼 자라도록 하세요. 나무는 억지로 수액을 내지 않으며, 봄의 폭풍 속에서도 의연하게 서 있습니다. 혹시나 그 폭풍 끝에 여름이 오지 않으면 어쩌나 하는 불안감을 갖는 일도 없습니다. 여름은 오게 마련이지만, 근심 걱정 없이 조용하고 침착하게 서 있는 인내심 있는 사람에게만 찾아옵니다.

---

불안은 그냥 불안 자체를 먹고 사는 것 같아요. 우리는 불안하지 않기 위해 또 다른 불안을 이용하고, 불안을 잠재우지 못해서 또 다시 불안해지지요. 그야말로 악순환이 따로 없습니다.

불안이 극심해질 때면 뿌리내린 곳에서 죽음을 맞이하는 나무를, 주어진 운명을 두려움 없이 감내하는 나무를 오래 바라보면 좋겠어요. 의연하고 꼿꼿하게, 인내심과 평온함으로 모든 계절을 맞이하는 모습을 지켜보세요.

## 081

## 라이너 마리아 릴케,
## 『젊은 시인에게 보내는 편지』

당장 해답을 구하려 들지 마세요. 아무리 노력해도 당신은 그 해답을 구하지 못할 것입니다. 당신은 아직 그 해답을 직접 체험하지 못했기 때문이에요. 그러므로 모든 것을 직접 몸으로 살아 보는 것이 중요합니다. 이제부터 궁금한 문제들을 직접 몸으로 살아 보세요.

---

"몸으로 부딪치며 직접 체득한 것만이 진짜!"
시간이 갈수록 뼈저리게 느끼는 삶의 방식입니다. 아무리 디테일한 설명으로 자전거 타기를 가르쳐도 직접 넘어져가며 타는 경험만 못하죠. 백 번의 이론보다 한 번의 실천이 훨씬 더 중요하고 필요할 때가 많습니다. '아는 것'과 '하는 것'은 한 글자 차이지만 사실 하늘과 땅 차이거든요.

## 리처드 바크, 『갈매기의 꿈』

지금 삶에서 어떤 배움을 얻느냐에 따라 우리는 다음 삶을 선택하게 된다. 아무런 배움도 얻지 못한다면 다음 삶 역시 똑같을 수밖에 없다. 똑같은 한계, 극복해야 할 똑같은 짐들로 고통받는…. 배우고, 발견하고, 자유로워지는 것. 그보다 더 큰 삶의 이유는 없다.

배움과 겸손함은 하나의 뿌리에서 나온 열매 같아요. 겸손하지 않은 자는 배우려 하지 않고, 배우기 위해서는 겸손한 자세를 취해야 하거든요. 둘은 떼려야 뗄 수 없는 운명 같은 관계입니다. 나는 언제 어디서든 누구에게 무엇이든 배울 것이 있다는 마음. 나는 삶이 끝날 때까지 영혼이 성장하기를 멈추지 않겠다는 다짐. 배움에 필요한 조건은 이 두 가지뿐입니다.

# O83

## 김애리, 『여자에게 공부가 필요할 때』

당신이 읽는 책이 당신을 말해준다. 당신의 야망, 미래, 도전, 포부를 일러주는 것은 지금 읽고 있는 책, 지금 진행 중인 공부 미션이다.

(카시오페아, 2014년, 273쪽)

---

그 사람의 미래가 궁금하다면 그 사람이 지금 읽고 있는 책을 물어 보라는 말이 있지요. 가고자 하는 방향을 위해 매일 무엇을 읽고, 쓰고, 생각하며 정리하고 있는지 돌아보세요. 내 꿈을 구체적이고 생생한 현실로 바꿔줄 힘은 책상 앞에서 보내는 매일의 시간에 달려 있습니다.

# 084

## 프란츠 카프카, 『변신』 '저자의 말' 중에서

우리가 읽는 책이 우리 머리를 주먹으로 한 대 쳐서 우리를 잠에서 깨우지 않는다면, 도대체 왜 우리가 그 책을 읽는 거지? 책이란 모름지기 우리 안에 있는 꽁꽁 얼어버린 바다를 깨뜨려버리는 도끼가 아니면 안 되는 것인데.

---

박웅현 작가님의 『책은 도끼다』로 유명해진 구절이지요. 책이란 지적 허영을 위한 도구가 아니며, 무릇 우리 안의 깨어지지 않는 무언가를 깨뜨리는 도끼로 쓰여야 한다는 카프카의 외침. 저에게도 책은 세상에서 가장 강한 도끼 역할을 해주었습니다. 단번에 갈라지는 경우도 있었지만 시간을 두고 서서히 나의 견고한 세계에 균열을 낸 경우도 많았어요.

## 085

## 니코스 카잔차키스, 『그리스인 조르바』

나는 브레이크를 버린 지 오랩니다. 나는 꽈당하고 부딪히는 걸 두려워하지 않거든요. 기계가 선로를 이탈하는 걸 우리 기술자들은 '꽈당'이라고 합니다. 내가 꽈당하는 걸 조심한다면 천만의 말씀이지요. 밤이고 낮이고 나는 전속력으로 내달으며 신명 꼴리는 대로 합니다.

부딪쳐 작살이 나면 나는 거죠. 그래 봐야 손해 볼 게 있을까요? 없어요. 천천히 가면 거기 안 가나요? 물론 가죠. 기왕 갈 바에는 화끈하게 가자 이겁니다.

---

'자유'를 상징하는 대표적인 인물 조르바. 그를 나타내는 한 문장을 꼽자면 바로 이 대사가 아닐까 싶어요.

거침없이, 눈치 안 보고, 그저 화끈하게 하고 싶은 대로 합니다! 살고 싶은 대로 살고요! 넘어지는 걸 두려워하지 않고 신명 나게 가는 거죠. 용기가 필요할 때마다 되새기는 문장.

# 086

## 호소다 다카히로, 『컨셉 수업』

사람들은 '무엇을 살 것인가'에 앞서 '왜 사는가'에 대한 답을 알고 싶어 합니다. 그러므로 비즈니스 또한 '그것은 무엇인가what'가 아니라 '무엇을 위해 존재하는가why' 다시 말해 존재의 의미를 중심으로 생각해야 합니다. (알에이치코리아, 2024년, 38쪽)

---

우리에게는 어떤 행동의 의미와 가치를 밝히는 일이 중요합니다. 네, 그 무엇보다도 중요하지요. 자신이 그 일을 왜 하는지 아는 사람은 단순한 효율과 생산성 추구를 뛰어넘는 궁극적인 비전을 갖게 됩니다. 그리고 비전은 우리의 일뿐만 아니라 삶 전체를 조금 더 선명하고 진지하게 밝히는 역할을 하지요.

이 구절을 읽으며 저는 생각했어요. 단순히 물건 하나를 구입할 때도 '왜 사지?'를 생각한다면, 나의 일과 인생의 여러 방면에 대해서도 더 깊숙하고 치열하게 '왜'를 고민해 봐야겠다고요. 이 단순한 한 글자 '왜'가 제 삶의 많은 부분을 바꿔놓겠지요.

## 087

마르셀 프루스트, 『잃어버린 시간을 찾아서』

그 순간부터는 한 발자국도 걷지 않아도 되었다. 오래전부터 내 행동에 의식적인 노력을 하지 않아도 되는 이 정원에서는 땅이 대신 걸어주었기 때문이다. 습관이 날 품에 안고는 아기처럼 침대까지 옮겨다주었다.

습관이란 그런 것입니다. 수고스럽게 애쓰지 않아도 삶이 물 흐르듯 부드럽게 흘러가도록 도와주는 몸과 마음의 기억. 매번 선택의 프로세스를 거치지 않아도 정돈된 하루를 손쉽게 가질 수 있는 루틴의 힘, 같은 것.
아주 작은 습관 하나를 만들기 위해서도 결심하고 포기하고 체념하고 자책하는 지난한 과정이 필요하지만, 어쩔 수 없는 걸요. 나이 들수록 더 좋은 '나'이길 바라니까요. 더 좋은 '나'는 건강한 습관들로 이루어지니까요.

# 088

## 유병욱, 『인생의 해상도』

그러니 뚜렷한 목표가 없어도 결과가 예측되지 않아도 눈앞의 문을 열어보세요. 그것이 나의 세계를 확장해주고, 눈앞의 세상을 선명하게 만드는 겹이 되어 남습니다. (알에이치코리아, 2024년, 134쪽)

---

최대한 빨리 가는 것만이 사람들의 눈길을 끌며 각광받는 시대인 듯하지만, 사실 빨리 가는 것보다 중요한 것은 '제대로 된 방향으로, 나답게 가고 있느냐'일 것입니다.

가끔 걸음이 너무 느려 터져서 속상하고 갑갑할 때마다 이 문장을 조용히 되새겨 봐요. 모두가 엘리베이터나 에스컬레이터로 척척 빠르게 올라가야 하는 건 아니니까요. 눈앞의 문을 하나씩 열면서 계단으로 올라가면 어때요? 엘리베이터에 비해 조금 느리겠지만, 절대 고장 날 일도 없고, 심지어 다이어트 효과까지 있으니 일석이조 아니겠어요?

'느린 성공'은 '빠른 성공'이 보지 못하는 통찰과 깊은 체험을 선물할지도 모릅니다. 우리는 느리게 그 모든 과정을 견디며 통과하는 자체로 이미 값진 보상을 얻을 거예요.

# 089

## 김은경, 『습관의 말들』

마음이 아플 때, 슬플 때 혹은 즐거울 때를 겪는 사소한 태도, 입버릇처럼 되풀이하는 사소한 말은 그 사람의 삶의 습관이다. 그 사소한 태도와 버릇들은 삶을 대하는 그 사람의 자세를 나타내는 것이기도 하다. 아픔과 슬픔, 애도를 달랠 때, 기쁨과 즐거움과 충만함을 누릴 때 무엇으로 달래고 누릴까.

(유유, 2020년, 63쪽)

자기 친절의 여정을 시작하는 데 있어 가장 중요한 것은 '내가 나에게 하는 말'이라고 합니다. 따뜻한 응원과 사랑의 내적 대화. 관심이 필요한 타인에게 세심한 주의를 기울이듯 나를 그렇게 대하는 것이지요. 그런 의미에서 인생의 도약 역시 고질적인 자기 비난의 습성을 끊어내야 찾아옵니다. 이때 자신에게 연민의 마음을 품고 어떤 상황이든 이해하려고 노력하는 것이 중요해요. 자신의 나약한 면이나 우울한 부분도 '상처의 잔재'로 보고 보듬어주는 태도가 결국 나를 진정으로 변화시키니까요. 칼처럼 날카로운 분석과 비판으로 사람이 바뀌는 게 아니라는 사실을 기억하기 바랍니다.

나는 나에게 매일 어떤 말을 들려주고 있나요?

# 090

## 곰돌이 푸,
## 『곰돌이 푸, 서두르지 않아도 괜찮아』

주변의 작은 일조차 해결하지 못하는데, 어떻게 드넓은 세상에 나가 내 몫을 감당할 수 있을까요? 눈앞의 일도 어쩌지 못하면서 어떻게 먼 곳을 볼 수 있을까요? 하루하루가 힘들고 지금 내 모습에도 만족하지 못한다면, 현실을 벗어난 다른 문제에 정신을 빼앗기기 마련입니다. 대부분 시간만 뺏길 뿐 아무리 생각해도 답이 없는 문제들이죠. 이런 저런 생각을 하는 것도 필요하지만 일단은 내가 할 수 있는 주변의 작은 일부터 제대로 해내는 것은 어떨까요.

(알에이치코리아, 2018년, 164쪽)

일상의 작고 사소한 일들을 무시하면 큰 문젯거리가 됩니다. 심지어 '곰돌이 푸'조차 힘주어 말하고 있잖아요. 하찮은 과제들을 쌓아가지 말고 그 안에 큰 힘이 깃들어 있음을 알아차리라고요. 별것 아닌 것들이 모여 별것이 되니까요.
그러니까 이 책을 읽고 있는 현재, 내 주변은 말끔하게 정돈되어 있는지, 옷차림은 깨끗한지, 자세는 바른지, 이런 간단한 부분부터 체크해 보는 거예요. 일상의 질서를 잘 갖추는 일. 그것이 자신감과 자존감을 높여주는 가장 중요한 원칙입니다. 내가 할 수 있는 작은 일부터, 가장 작은 범위에서 제대로 시작해 보는 거예요.

PART 4

일상 속 소소한 기쁨과
행복을 발견하는 문장

되는 일 하나 없이 엉망진창, 뒤죽박죽인 하루를 보내고 힘겹게 집에 도착한 어느 날 저녁. 세수할 힘도 남아 있지 않은 그때 아이가 스티커 하나를 불쑥 내밉니다. 자세히 들여다보니 잔망루피가 그려진 엄지손가락만 한 스티커였어요. 길에 떨어져 있어도 줍지 않을 그 스티커 하나가 당시 저에겐 백지 수표보다 더 큰 의미로 다가왔습니다. 그건 누가 봐도 지친 엄마에게 아이가 할 수 있는 최고의 위로였을 테니까요.

그 자리에서 울컥 눈물이 쏟아질 것 같았어요. 상투적인 위안이나 성급한 응원이 아닌 '진짜 사랑'이 거기 있었으니까요. 그 어떤 선물보다 훨씬 큰 감동과 기쁨이 그 스티커에 담겨 있었어요.

행복을 거대한 무언가로 자주 착각하는 저에게 일상의 작은 것들이 말을 겁니다. 여전히 여기 이렇게 놓여 있다고. 그저 네가 고개를 돌리기만 하면 찾을 수 있다고 말이죠.

아이와의 저녁 산책, 엄마의 깜짝 카톡 선물, 생선이 유독 노릇하게 잘 구워진 날이나 가을 햇살이 가득한 거실 풍경 같은 것들이 저를 더없이 기쁘게 합니다. 하지만 이런 행복은 눈을 크게 떠야만 비로소 보이는 '나의 것'이죠. 아무리 오래 같이 있어도 발견하지 못하면 '내 것'이 될 수 없습니다.

비즈니스석에 올라 타서 저 멀리 유럽으로 떠나야만 행복을 찾을 수 있는 건 아니에요. 행복을 찾아 먼 길을 오래 유랑한 사람들은 하나같이 이야기합니다. 세계를 전부 다녔는데 내가 찾던 그것이 바로 우리 집 안에 놓여 있더라고요.

꿈꾸던 행복을 더 이상 기다리지 마세요. 행복을 목적지 삼지 말고 출발점 삼으시기 바랍니다. 행복하기 위해 성공하고, 행복해지기 위해 다른 곳으로 떠나지 말고, 행복한 상태로 나를 데리고 다니시길 바랍니다. 그러면 어디에서 어떤 모습으로 놓여도 행복할 테니까요.

# 091

## 조경국, 『일기 쓰는 법』

일기를 꼬박꼬박 쓴다고 인생이 달라지는 건 아니라고 미리 말해 두고 싶군요. 대신 일기를 쓰는 동안 '자신'을 지킬 수는 있다고 생각합니다. 그것만으로도 일기를 쓸 이유가 충분하지 않을까요?

(유유, 2021년, 71쪽)

이 책의 작가 조경국 님은 2006년부터 일기를 써왔다고 하네요. 햇수로 18년째입니다. 저 역시 20년 가까이 일기를 써왔어요. 그래서 이 문장에 더 깊이 공감하게 됩니다.

나이를 먹어갈수록 '나'를 잃기는 생각보다 쉽더라고요. '나'에 대해 돌아보지 않고 세상과 타인에만 휩쓸려 살다 보면 금방 잃게 됩니다. 그래서 우리에겐 잠시라도 나 자신과 내 하루를 돌아볼 시간이 필요합니다. 자신을 제대로 지켜내기 위해서지요.

'내 삶이 궤도를 벗어나지 않도록 중심을 잡아주는 일.'

이것만으로도 일기 쓰기의 이유는 충분하지요.

# 092

## 진고로호, 『미물일기』

이불 속에 파묻혀 나 자신의 괴로움만 바라보고 있는 사이에도 자연은 부지런하다.

(어크로스, 2022년, 35쪽)

---

'미물'의 사전적 의미는 '보잘것없고 변변치 않은 동물'입니다. 하지만 이 책의 작가 진고로호 님은 아무도 눈길조차 주지 않는 이 미물들 — 지렁이, 매미나방, 민달팽이 등 — 을 애정으로 관찰해서 일기를 쓰고, 더 나아가 이렇게 책까지 출간했네요. 그리고 또 이렇게 말합니다. 그들은 존재만으로도 제 역할을 다 하고 있는 작지만 아주 대단한 생명체들이라고요.

자세히 보면 예쁘지요. 나도, 당신도, 우리를 둘러싼 미물들도 그렇습니다. 그러니 우리 조금 더 다정하고 친절한 눈길로 나 아닌 다른 존재들을 바라봐주면 어떨까요?

# O93

## 김화수, 『냥글냥글 책방』

고양이를 사랑하게 된 사람은 현재를 산다. 햇빛이 드는 창가에 누워 곤히 잠든 고양이를 지켜보는 순간, 누워서 책을 읽는 내 곁으로 토독토독 달려오는 고양이의 발소리를 듣는 순간, 고양이의 부드러운 털을 쓰다듬을 때 갸르릉하는 소리로 화답 받는 순간, 서로 두 눈을 마주보고 천천히 눈을 깜빡이는 순간. 그 모든 순간에 집중하며 아무런 기대 없이 온 마음으로 사랑하는 법을 배운다.

(꿈의지도, 2021년, 261쪽)

나로 하여금 온전히 현재를 살게 해주는 일은 무엇일까? 책의 에필로그에 나온 이 문장을 오래 들여다보며 생각에 잠겼습니다. 답은 금방 나오더라고요. '고양이'를 '아이'로 바꾸면 거의 모든 게 맞아 떨어지거든요.

저에게 아이와의 마법 같은 순간순간은 현재에 집중할 수 있게 해주기도 하지만 마음 속에 차곡차곡 쌓여 언제든 꺼내 볼 수 있는 미래의 보험 같은 것이기도 해요. 속상하거나 슬프거나 외로울 때 이 기억에 기대어 저는 크게 넘어졌다가도 다시 일어설 겁니다. 최선을 다한 사랑의 기억은 늘 우리를 살리니까요.

# ○94

## 제현주, 『일하는 마음』

매일 스키를 탈수록, 어제보다는 몰라도 작년보다는 오늘 스키를 더 잘 타게 되었다고 느낀다. 실은 꼭 그렇지 않아도 괜찮다. 매일 아침 슬로프의 첫 런에서 부족한 점을 발견하고, 그날의 마지막 런에서 조금씩 고쳐 나간다. 산은 아름답고, 공기는 맑다. 나만 알고 있어도 충분한, 자기완결적 우주가 여기에 있다.

(어크로스, 2024년, 114쪽)

-

좋아하는 일을 하다 보면 '어찌 되어도 괜찮은, 이미 모든 게 완벽한' 자기완결적 우주를 만난다는 구절에 깊이 공감합니다. 그것을 뜨개질에서 만나는 사람도 있을 거고, 요가나 러닝을 통해 발견한 사람도 있을 거예요. 어떤 것을 깊이 사랑하는 사람들에게만 열리는 겹겹의 우주. 이 얼마나 경이로운 발견인가요? 삶은 참으로 아름답습니다.

# 095

## 캉쿄 타니에, 『고요를 배우다』

흔히 침묵은 두려움을 동반한다. 요즘처럼 소음과 영상, 자극적인 뉴스가 쏟아질 때는 특히 그렇다. 숨을 좀 돌리고 싶긴 하지만 그러려면 정해진 길에서 벗어나 인간의 삶이 불러일으키는 가장 큰 도전에 맞서야 한다. 바로 결핍감이다. (심플라이프, 2018년, 33쪽)

---

철학자 파스칼은 말했어요. 우리가 겪는 모든 불행은 방 안에서 홀로 고독을 누리지 못한다는 사실에서 온다고요. 하루에 단 10분이라도 매일 공짜로 주어지는 이 고요를 누릴 수 있다면 얼마나 좋을까요? 하지만 침묵은 두려움을 동반한다는 저자(프랑스의 선불교 승려입니다)의 말에도 공감합니다. 맛있는 음식 앞에서도 '이것을 천천히 음미해야지'라는 생각보다 인스타그램에 올리기 위해 사진부터 찍기 바쁜 순간이 많으니까요.

멋진 풍경이나 음식을 앞두면 단 1~2분이라도 순간을 가슴에 담은 뒤 SNS에 공유하기.

작은 원칙부터 지키며 조금씩 멈춤과 침묵을 훈련해 보세요. 그것이 '나의 세계'를 넓혀가는 방법입니다.

# 096

## 수전 손택, 『수전 손택의 말』

독서는 제게 여흥이고 휴식이고 위로고 내 작은 자살이에요. 세상
이 못 견디겠으면 책을 들고 쪼그려 눕죠. 그건 내가 모든 걸 잊고
떠날 수 있게 해주는 작은 우주선이에요.          (마음산책, 2015년, 66쪽)

---

독서에 관해 할 얘기가 너무 많아 어떻게 정리해야 할지 엄두가 안 날
때 써먹기 딱 좋은 표현입니다. '무려' 최고의 지성인인 수전 손택이 한
말이라고 뽐낼 수 있는 것은 덤이지요.
세상이든 나 자신이든 견디기 힘든 어떤 날, 책을 읽으며 또 다른 세계로
훌쩍 떠나버립니다. 그러고 돌아오면 많은 것들이 달라져 있더라고요.

## 097

# 크리스 메틀러 · 존 야리안, 『스파크』

새로운 것에 개방적인 태도로 대하고, 실제로 경험해 보기 전에 성급히 판단하지 않는 사람은 기쁨을 누릴 가능성이 크다. 이 시점부터 우리는 호기심으로 가득한 세상을 경험하게 된다. 호기심은 인생이나 직장에서 필요한 돌파구를 만드는 데 필수 요소다.

(알에이치코리아, 2024년, 255쪽)

마흔이 된 뒤 깨달은 가장 놀라운 사실 중 하나는 '이 나이에도 처음 해 보는 일들이 제법 많다'라는 것이었어요. 여전히 아직 가 보지 못한 도시, 만나 보지 못한 사람, 경험하지 않은 분야와 해 보지 않은 일들이 많이 있네요. 그 모든 설렘의 가능성이 여전히 내 삶 어딘가에서 나를 기다리고 있다는 사실. 그 자체만으로도 하얀 도화지 같은 내일이 잔뜩 기다려집니다.

# 098

## 줄리아 캐머런, 『아티스트 웨이』

부엌을 청소하는 것처럼 아주 사소한 일로도 내가 쓸모 있는 사람이 될 수 있음을 깨달았어요. 내가 모르는 것에 대해 나 자신을 질책하는 대신에 내가 하고 싶어 하는 것이 무엇인지, 다시 말해 내가 정말 어떻게 시간을 쓰고 싶어 하는지 천천히 알게 되었어요.

(청미, 2020년, 77-78쪽)

---

작은 사과나무 한 그루를 심어도 '신의 마음'으로 행한다면 세상에는 지루하거나 가치 없거나 쓸데없는 일은 없을 거예요. 매일 반복되는 지루한 일상에 일종의 '감동 장치'를 설치하는 것이지요.

하루에 한 가지(그게 설거지나 빨래 개기, 아이 간식을 챙기거나 직장 상사와 커피챗을 하는 일도 좋습니다), 온 마음을 다해 그것을 해 보겠다고 결심하세요. 세상에서 가장 중요한 일을 대하듯 뜨겁게 그 일을 대하겠다고요. 그러면 일상은 지금보다 훨씬 풍성하고 아름다워질 거예요.

## 099

## 정경하,
## 『흙에 발 담그면 나도 나무가 될까』

꽃을 찾아 먼 길 떠나지 않아도 늘 우리 곁으로 먼저 찾아와주는 개나리가 소중해지는 시간이 되면 좋겠다. 늘 우리 곁에 있어 준 흔한 꽃, 개나리가 '행복은 멀리 있지 않다'고 말해주는 듯하다.

(여름의서재, 2024년, 44쪽)

---

아이와 매일 밤 '오늘의 행복 리스트'를 세 가지씩 일기장에 적어 본 적이 있어요. 솜사탕을 먹은 일, 삼촌이 제주도에서 귤을 보내온 일, 잠자리를 잡은 일, 예쁜 스티커를 발견한 일… 놓치고 있던 하루의 동화 같은 순간들이 다시 살아나며 매일 밤 행복한 꿈에 빠져들 수 있었답니다. 결코 멀리 있지 않은 행복을 발견하는 일은, 물론 세심한 관찰이 필요한 일이기도 합니다. 가장 흔한 꽃인 개나리를 가까이에서 들여다보면 그 앙증맞은 모양과 강렬한 색깔에 새삼 놀라게 되는 것처럼, 나를 둘러싼 일상을 자세히 관찰해 보면 놓치고 있던 행복을 새롭게 발견할 수 있습니다.

# 100

## 헤일 도스킨, 『세도나 메서드』

우리가 어떤 감정을 느끼는 방식에 대해 그리고 우리의 삶과 사업에 대해, 실제로 무언가를 할 수 있는 유일한 시간은 '지금'입니다.

(알에이치코리아, 2021년, 55쪽)

---

프랑스의 유명한 사진작가인 앙리 카르티에 브레송 역시 말했습니다.
평생 삶의 결정적인 순간을 찍으려 발버둥쳤으나 돌아보니 삶의 모든 순간이 결정적인 순간이었다고요.
언제나 '저기'를 기다리며 현재의 소중한 모든 것을 흘려보내지 않길 바라요.

## 101

## 마스다 미리, 『귀여움 견문록』

어디에서나 자라는 풀, 강아지풀. 이름 그대로 고양이에게 흔들어
주면 아주 기뻐한다.
'풀'로 놀다니 하하하, 귀여운 생물이구냥.
고양이의 천진함에 미소가 절로 돌았지만 그러고 보니 사람도 비
슷하지 않나? 사람도 '돌'을 갖고 노는 생물이다.

(알에이치코리아, 2021년, 38쪽)

이 책은 일본의 에세이 작가(엄청난 매니아층을 갖고 계신) 마스다 미
리가 '귀엽다'고 생각하는 것들을 정리한 책이에요. 귀여움의 목록이
책 한 권으로 묶인다는 사실도 놀랍고(아니, 세상에 귀여워 보이는 게
이렇게나 많다니) 작고 여리고 빈틈 있는 것들을 귀여움의 시선으로
포착해내는 것도 놀랍습니다. 귀여움을 찾기 위해서는 남들이 무심히
지나칠 수 있는 대수롭지 않은 것을 자세히 바라볼 여유가 필요하거든
요. 하루에 하나씩 귀여움을 발견하기 위해 노력해 본다면 인생 전체
가 귀여움으로 가득찰 것 같아요.

## 102

## 윤동주, 시 「눈」

지난 밤에
눈이 소오복이 왔네

지붕이랑
길이랑 밭이랑
추워한다고
덮어주는 이불인가 봐

그러기에
추운 겨울에만 내리지

---

너무 예뻐서 외웠다가 딸아이에게 들려줘야겠다는 생각이 들었어요.
온 세상이 추워서 덮어주는 이불 같은 눈. 하얗고 소복한 겨울 풍경이
눈앞에 선명하게 그려지는 시예요.

# 103

## 샬롯 브론테,『제인 에어』

내겐 언제나 자존심보다 행복이 더 중요하니까요.

---

돌아보면 그깟 알량한 자존심을 지키느라 내 행복을 외면한 순간이 적지 않습니다. 내 마음보다 남들 눈에 비친 모습이 행동의 기준이 된 적이 많았어요. 이제는 남들에게 별난 사람 취급을 받아도 나만의 '이상한' 세계를 잘 지켜가며 살겠다고 다짐합니다. 자존심보다 행복을 앞에 두겠다고요.

# 104

앨런 알렉산더 밀른, 『위니 더 푸 Winne the Pooh 』

**난 매일, 아무것도 안 하기를 하고 있어! I do nothing everyday!**

---

우리에겐 무엇이든 할 자유가 있지만 아무것도 하지 않을 자유도 있지요. 가끔은 아무것도 안 하기를 선택해 봐요. 어떻게 매일 정진하고 쇄신하며 사나요? 가끔은 한없이 게을러지고 격하게 멍 때리는 날도 필요하지 않겠어요? 천진난만 매일이 즐거운 푸처럼 말이에요.

# 105

## 이아름, 『별에게 맹세코 잘돼』

그런데 말이지. 40년 정도 살아 보니까 스스로를 낮추고 뒤로 숨을 일은 넘쳐나는데 스스로를 기특하게 여길 일은 참 없더란 말이지. 나이 들수록 잘한 일도 잘할 일도 없고, 뭐 그렇게 대단한 일들이 없더란 말이지. 그래서 난 작은 일도 크게 칭찬하고 산다.

(롤링스퀘어, 2024년, 141쪽)

그러니 기쁜 일에는 더 크게 기뻐하고, 재미있는 일은 조금 오바해서 웃어 보기. 하루에 한 번씩 거울을 보며 내 어깨도 두드려주고, 병아리 눈물만큼 잘 해낸 일이라도 "멋지다, 나!" 추켜세워 보기. 스스로 기분 내고 살지 않으면 아무도 내 기분을 챙겨주지 않습니다.

## 106

## 이혜림, 『나만의 리틀 포레스트에 산다』

그 일상의 중심에는 언제나 제대로 된 식사가 있다. 하나를 먹더라도 제대로 먹고, 하나를 하더라도 제대로 하는 습관은 여러모로 우리 삶을 기름지게 한다. 이제는 마음이 힘들고 급할수록 대충 먹지 않으려고 한다. 나를 위한 한 끼의 식사를 정성스레 차려내듯, 무엇이든 차근차근 해나가다보면 못 할 것은 없다.   (라곰, 2024년, 185쪽)

사는 게 힘들 땐 숨쉬고 밥만 잘 챙겨 먹어도 충분합니다. 그에 대한 저만의 논리를 펼쳐 보자면요, 일단 마음이 지치면 뭘 해도 동력이 떨어지죠. 배터리가 간당간당한 전자기기 같은 꼴이라고 생각하면 되는데요. 그럴 땐 뭘 제대로 챙겨 먹고 싶은 마음 자체가 안 들어서, 마음이 괴로울 때일수록 더 대충 먹게 되거나 아예 잘 안 먹고 살게 돼요. 하지만 '밥심'이란 대단해서, 우리는 나를 잘 챙겨 먹이는 과정에서 다시 살아갈 힘을 얻게 되거든요. '제대로 된 한 끼 식사'는 좋은 에너지원을 확보하기 위함도 있지만 '나는 스스로를 잘 챙기고 있으며, 무슨 일이 있어도 끝까지 나를 잘 돌본다'는 믿음을 회복하는 엄청난 일이기도 해요. 그러니 인생이 잘 안 풀릴 때는 나 자신에게 정성을 다해 식사를 대접해 보세요.

# 107

## 은유, 『다가오는 말들』

기성의 관념에 갇히는 건 게으름 탓 같다. 특히 이분법은 사유의 적이다. 생각하지 않으면서 스스로 생각한다고 생각하는 순간 누구나 기성세대가 된다. 선입관이 현실을 만나 깨지는 쾌감은 세상에 자기를 개방할 때만 내리는 복락이다. (어크로스, 2019년, 170-171쪽)

선입견이 많은 사람을 우리는 흔히 '꼰대'라고 부르는데요, 그 이유가 '게으름' 때문일 수도 있다는 생각은 이 문장을 읽고 나서 하게 되었습니다. 나와 다른 타인을 제멋대로 판단해서 반대편에 묶어버리는 대신 천천히, 자세히 이해하려고 노력해 보는 일. 살던 대로만 살고, 생각하던 대로만 생각하려는 게으름뱅이에게는 불가능한 일이니까요.

# 108

## 마르셀 프루스트의 말

유일하게 진정한 여행, 젊음의 유일한 원천, 그것은 새로운 풍경을 찾아 떠나는 것이 아니라 다른 눈을 갖는 것이다. 다른 사람의 눈, 다른 100명의 눈으로 세계를 보는 것이다. 100개의 시선으로 100개의 각자 다른 세계를 보는 것이다.

---

새로운 풍경을 위한 여행이 아닌 새로운 눈을 갖기 위한 여행. 꼭 낯선 곳으로 떠나지 않더라도 일상에서 새로운 시각으로 익숙한 것을 새롭게 바라볼 수만 있다면 얼마나 좋을까요?

# 109

## 루시 모드 몽고메리, 『빨간 머리 앤』

황혼의 커튼이 내려앉고 별 하나가 걸리면, 기억해. 너에겐 친구가 있음을. 비록 먼 방황의 길을 걸을지라도.

---

외롭고 고단할지라도 누군가를 떠올리며 잠깐이라도 미소 지을 수 있다면, 그 길은 더 이상 외롭고 고단하기만 한 길이 아닐 거예요. 그리고 언젠간, 누군가 도저히 힘을 낼 수 없는 시간 앞에 단 3초라도 '나'라는 사람을 떠올리며 피식, 웃을 수 있다면… 꽤 근사하고 성공적인 인생을 산 것이라는 확신이 드는데요?

# 110

## 앙투안 드 생텍쥐페리, 『어린 왕자』

만약 누군가 수백 수천 만 개의 별 중에 단 한 곳에만 피어 있는 꽃 한 송이를 사랑한다면, 그는 별들을 쳐다보는 것만으로도 행복할 거야.

---

여전히 제가 세상에서 가장 사랑하는 책 『어린 왕자』입니다. 몇 번을 읽어도 읽을 때마다 각기 다른 여운을 남기는 놀라운 책이기도 해요. 10대에 처음 읽었을 때와 20대, 30대를 지나 지금 40대에 읽는 이 책은 매번 다른 느낌을 주고, 매번 다른 문장에 오래 머무르게 만들어요. 처음부터 끝까지 모든 문장을 통째로 필사해도 좋은 책이기도 하죠(몇 문장만 꼽기가 너무 힘들거든요).

오늘 행복에 관한 어린 왕자의 이야기를 꾹꾹 눌러 쓰며, 나만의 행복을 음미해 보길 바라요. 우리 모두는 수백 수천 만 개의 별 중 유일한 하나의 별과도 같은 존재입니다.

## 111

## 순자, 『순자』

**중간에 그만두지 않으면 쇠와 돌에도 무늬를 새길 수 있다.**

(계이불사 금석가루 鍥而不舍 金石可鏤)

---

결단을 가지고 무언가를 시작하는 일도 중요하지만 해내겠다고 마음 먹은 일에 매듭을 짓는 일은 더욱 중요한 것 같습니다. 매번 읽다 그만 둔 책, 쓰다 포기한 일기장, 하다 관둔 운동이나 영어 공부가 마음의 부채로 일상에 자리한다면? 건강한 자아상을 가지고 씩씩하게 살아갈 수 있을까요? 무엇보다도 '하다 관둔 일'에는 힘이 없어요. 모여야 최소한의 힘과 실체가 생긴다는 사실, 잊지 마세요.

# 112

## 에쿠니 가오리,
## 『맨드라미의 빨강 버드나무의 초록』

그때가 아니면 볼 수 없는 것, 마실 수 없는 술, 일어나지 않는 일이란 게 있다.

(소담출판사, 2022년, 241쪽)

---

에쿠니 가오리의 단편 소설집에 나온 이 문장을 보며 여든이 넘은 저희 할머니께서 저에게 자주 해주시는 조언(?)이 떠올랐어요.

"재미있는 거 아끼지 마. 아끼면 똥 된다잖어~"

큭큭. 그러니 지금 누릴 수 있는 행복을 뒤로 미루지 마세요. 오로지 '이 순간'에만 만끽할 수 있는 즐거움이 있거든요. 이 반짝임을 놓치면 다시 그것을 찾기까지 아주 오랜 시간이 걸릴지도 모릅니다.

20살에만 찾아오는 연애세포가 있고, 25살만이 할 수 있는 용기와 객기가 있고, 30살에만 깨달을 수 있는 낭만이 또 있더라고요. 똑같은 장소에 다시 놓여도 그때 그 감성을 되살리기란 쉽지 않아요. '어쩌면 삶의 모든 순간은 단 한 번씩만 찾아오는 게 아닐까?' 요즘 저는 그런 생각도 하게 된답니다. 그러니 지금 이 나이, 이 순간의 것들을 천천히 둘러보고 아낌없이 누리세요.

## 113

## 나봄,『치즈덕이라서 좋아!』

봐도 봐도 부족한 점만 보이는 건 눈이 아니라 마음 때문이야! 불안한 마음을 가라앉히면 생각보다 괜찮다는 걸 알게 될 거야! 생각만큼 못난 것도 아니란 걸. 생각만큼 큰 실수도 아니란 걸. 생각만큼 잘못된 것도 아니란 걸. 모두 불안할 때 봤던 것만큼은 아니라는 걸 분명 알게 될 거야!

(필름, 2024년, 77쪽)

이 책의 주인공은 치즈공장에서 만들어진 불량치즈입니다. 부족하기만 한 자신을 미워하다가 여러 경험을 통해 있는 그대로의 스스로를 사랑하는 과정을 만나는 '치즈덕'이지요. 진지한 책만 읽다가 최근에는 이렇게 귀여운 일러스트가 잔뜩 들어간 에세이도 즐겨 읽게 되었답니다. 정체를 알기 힘든 캐릭터들이 저마다의 사연을 가득 안고 나와 천진난만한 솔루션을 내는 모습만으로도 따뜻한 위로가 되거든요.

한때 폐기 처분 위기에 처했던 주인공 치즈덕이 '부족한 점만 보이는 건 눈이 아니라 마음 때문'이라고 하자 눈물이 핑 돌 뻔했어요. 이토록 중요한 깨달음을, 무려 빵집에 숨어 사는 치즈덕에게서 듣게 될 줄이야! 불안의 커튼이 드리울 때 나 자신을 다시 바라보세요. 생각만큼 밋밋하고 별로인 존재는 아닐 걸요! 생각만큼 걷잡을 수 없이 인생을 망쳐버린 실수도 없을 걸요! 괜찮습니다. 다시 스스로에게 다정해질 수 있는 시간을 조금 준다면요.

# 114

굳세나, 『그냥 지나치지 않는 마음입니다』

인류 생존의 비결은 '다정함'이라고 해요. 다정한 것이 결국 살아 남는대요. 현대 사회는 바쁘고 쉬는 시간이 줄어들면서 다정 에너 지도 줄어든다지요. 나부터 조금 더 다정해져서 다정 에너지를 나 누어 준다면 상대방도 다정해지지 않을까요. 다정한 사람 곁에는 늘 다정한 사람이 머물고 있는 것처럼. (테라코타, 2024년, 159쪽)

다정한 것이 살아남는다… 어떤 책에선가 '불운을 물리치는 방법은 뜻 밖의 친절'이라는 구절을 본 기억도 납니다. 나에게, 그리고 타인에게 뜻밖의 친절을 베풀 때 우리는 나쁜 기운을 막고 있는 셈이라고요. 하 루에 한 번씩만 다정할 결심을 해 보면 어떨까요? 안 그래도 살기 팍팍 한 이 혼탁한 세상에 나만의 온기를 매일 조금씩 더해 보는 거죠.

# 115

## 오구니 시로, 『하하호호 기획법』

진짜 자신의 모습으로 현실을 받아들이고 극복한다는 건 꽤 힘든 일입니다. 하지만 '이거 꼭 드라마나 영화의 한 장면 같군!' 하고 생각하면 설레거든요. '이봐, 이렇게 일이 잘 풀리는 듯하면 어김없이 나쁜 일이 일어나곤 하잖아. 역시 나쁜 일이 생겼어!' 또는 '여기서 밑바닥까지 떨어진 주인공이 이제 대반전을 보여주는 거지. 좋았어, 다시 일어나라고!' 하면서 말이지요.

일을 일이라고 생각하면 괴롭지만, 현재의 상황을 한걸음 멀찍이 떨어져서 바라보고, 자신이 주인공인 드라마의 각본가가 된 것처럼 이야기를 써보면서 지금은 보이지 않는 결승점을 그려본다거나 희망을 품기도 합니다.

(알에이치코리아, 2023년, 198쪽)

---

'한 발짝 떨어져 바라보기'는 놀라운 특효약이 될 때가 많습니다. 지금 이 상황에 갇혀 영원히 고통받을 것 같은 공포와 불안감이 엄습할 때 눈 한번 질끈 감고 시도해 보세요.

'나는 '나'라는 사람을 멀리서 바라보는 사람일 뿐이다.'

내가 '그' 혹은 '그녀'라면 어떤 말을 들려줄까요? 어쩌면 삶을 와장창 무너뜨렸다 여겼던 '그 일'이 조금은 가벼워지지 않았나요? 혹시 평소에도 과도한 진지함과 비장함을 품고 살아가진 않았던가요?

가끔은 '나'를 '남'처럼 바라볼 필요가 있습니다.

# 116

## 김은경, 『습관의 말들』

한 가지를 위해 애쓴 마음은 단단해지고 성장한다. 단단해지고 성장
한 마음은 그 긍정적 영향으로 열 가지를 변화시킬 원동력이 된다.

(유유, 2020년, 201쪽)

---

뭐랄까 '하나를 보면 열을 안다'의 가장 우아하고 지적인 버전의 문장
같아요.
삶의 좋은 습관 하나는 다른 열 가지 부분에까지 스며들지요. 그래서
습관이란 마치 나무처럼 가지를 치고 자라나는 것 같습니다. 좋은 책
한 권이 다른 열 권의 책을 읽게 만드는 원동력이 되는 것과 비슷하다
면 지나친 해석일까요? 하하.
소중하게 씨를 뿌려 단단히 키워낼 '나의 한 가지'를 고민해 보기 바랍
니다.

## 117

## 유병욱, 『인생의 해상도』

인생의 더할 나위 없는 순간에 함께 있었다는 것. 제게는 그 순간이 더 소중합니다. 정말로, 그 밤은 사라지지 않아요. 진심으로 마주했던 일의 과정은 때론 결과보다 더 깊은 흔적을 남깁니다.

(알에이치코리아, 2024년, 258쪽)

---

온 힘을 다한 과정의 끝은 무엇일까요? 그게 '고작' 성공 혹은 실패라는 두 글자로만 남는다면 너무 허무하지 않을까요? 돌아보니 진심을 담은 순간은 그 자체로 보상이라는 말이 사실이더라고요. 결과가 바로 내 손에 쥐여지지 않으면 좀 어떤가요? 뜨겁게 보낸 순간은 절대 헛수고가 아니에요.

## 오은영, 『오은영의 화해』

'더 나은 사람'이 되는 것보다 '나를 아는 사람'이 되는 것이 더 필요해요. 왜냐면 '나'를 알아야 '나'를 다룰 수 있기 때문입니다. 인생은 자신을 계속 알아가는 과정입니다. (코리아닷컴, 2019년, 314쪽)

---

나에게 실망하고 자랑스러웠다가 어떤 날은 더 좋은 사람이 되려고 노력하고, 어떤 날은 별것 아닌 걸로 호되게 자신을 나무라기도 하고.

그러나 어느 날 우리는 깨닫게 될 거예요. 이 모든 과정이 그저 '사랑'이었다는 사실을요. 모든 게 나를 더 이해하고 사랑해 보려는 눈물겨운 노력이었으니까요.

우리는 매일 자신을 알기 위해 노력하는 사람입니다.

# 119

## 김애리,
## 『글쓰기가 필요하지 않은 인생은 없다』

우리는 모두 자신을 사랑하는 방법을 '발명'해야 한다. 내가 평생 데리고 살 것은 결국 '나'다. 일생의 동반자는 어쨌든 '나'다. 우리는 사는 내내 나를 즐겁고 행복하게 만드는 방법을 개발하고, 발견하며 나아가야 한다. (카시오페아, 2017년, 109쪽)

아주 간단하게 행복해지는 방법이 있습니다. 종이와 펜을 꺼내서 지금 당장 '뚝딱' 시작할 수 있는 일이에요. 내 삶에 가장 사랑하는 존재들(남편, 아이, 친구, 강아지 등등) 그리고 나 자신에게 들려주고 싶은 말을 전부 적어 보는 거예요. 세상 온갖 찬사와 감동과 감탄의 어휘들이 등장할 거예요. 이걸 하는 것만으로도 엄청난 선물을 받은 것 같은 마법의 효과가 있답니다.

# 120

디즈니 프린세스,
『디즈니 프린세스, 내일의 너는 더 빛날 거야』

전력으로 달린 뒤 맞이하는 시원한 바람은 얼마나 반가울까요? 선선한 온도와 부드러운 바람이 온 몸을 편안하게 감싸는 감각을 그 어느 때보다 충분히 만끽할 수 있을 거예요. 행복도 마찬가지예요. 행복을 충분히 느끼고 싶다면 우리가 일상에서 맞이하는 모든 순간에 전력을 다해야 해요. 그런 뒤 맞이하는 행복이 더 달고 맛있을 거예요.

(알에이치코리아, 2019년, 138쪽)

그렇게 가기 싫던 헬스장에 억지로 가서 러닝머신을 달린 뒤 땀에 푹 젖은 채 샤워를 하는 순간. '아, 사람들은 이 순간을 위해 1시간의 고통을 견디는구나.' 싶을 만큼 엄청난 해방감이 느껴졌습니다. 온 몸의 세포가 기뻐 노래를 부르는 것처럼 청량한 샤워였어요. 장담컨대 제 인생 그 어떤 순간도 '운동 후에 하는 샤워'만큼 자유롭고 상쾌하진 않을 거예요.

일상에서 전력을 다하는 순간을 맞이하는 것은 그 이후에 펼쳐질 마법 같은 순간들 때문인 것 같습니다.

# 필사가 선물하는 고요한 시간의 힘

필사에 우리 인생을 바꿀 수 있는 힘이 담긴 이유는 아무래도 이점 때문인 것 같아요. 홀로 고요할 시간을 선물해준다는 점이요. 쫓기듯 바쁘게 사는 우리에게 텅 빈 공간에 앉아 잠시 멈출 기회를 주니까요.

최대한 시간을 쪼개서 최고의 생산성과 효율을 내는 삶만이 '잘 사는' 것처럼 여겨지는 이 시대에 의도적인 '멈춤'은 더 큰 의미를 가집니다. 우리는 결국 내가 누구며 왜 이곳에 왔는지에 대한 비밀을 밝히고자 아주 많은 것들을 배우고 성찰하는데, 그러기 위해 꼭 필요한 것이 바로 텅 빈 시간과 공간을 가지는 것이거든요.

그 안에서 우리는 나에 대해 다시 떠올리고 살아갈 날들을 고민합니다. 뾰족하고 깊이 파고들수록 나다운 삶을 더욱 잘 살아갈 수 있게 되지요.

아 참, 글을 마무리하기 전에 꼭 드리고 싶은 이야기가 있어요. 필사를 할 때 글씨체에 너무 연연하지 말길 바랍니다. 잘 쓰고자 과하게 노력할 필요가 없다는 뜻이에요. 그저 편하고 자연스럽게 그 순간에 나를 맡겨 보세요. 글씨가 깔끔하고 예쁜 날은 내 마음이 가지런한 날이라고 생각하면 되고요, 삐뚤빼뚤 흐트러진 날은 마음이 우울한 날이라고 할 수도 있을 거예요. 다른 일에 마음이 빼앗겨 불안하거나 조급해진 날일 수도 있겠고요.

필사를 하는 모든 순간은 그때의 내 마음을 또 이렇게 반영합니다. 그러니 필사가 마음을 들여다보는 수행이 되는 것이겠죠.

혼자 있는 시간을 가지며 필사를 해 나갈 여러분을 뜨겁게 응원합니다. 영감과 치유와 도전과 용기를 주는 문장들, 상상력과 창의성을 깨우고 새로운 눈으로 내 삶을 바라볼 수 있게 만드는 문장들을 잔뜩 만나 보세요. 좋은 문장들을 인생의 가이드 삼아 읽고 새기며, 무엇보다 여러분 자신만의 이야기를 만들어가길 바랍니다.

# 나는 매일 나에게
# 다정한 글을
# 써주기로 했다

**1판 1쇄 인쇄** 2025년 2월 10일
**1판 1쇄 발행** 2025년 3월 5일

**지은이** 김애리

**발행인** 양원석 **편집장** 권오준 **책임편집** 김희현
**디자인** 남미현, 김미선 **영업마케팅** 조아라, 박소정, 이서우, 김유진, 원하경

**펴낸 곳** ㈜알에이치코리아
**주소** 서울시 금천구 가산디지털2로 53, 20층(가산동, 한라시그마밸리)
**편집문의** 02-6443-8846    **도서문의** 02-6443-8800
**홈페이지** http://rhk.co.kr
**등록** 2004년 1월 15일 제2-3726호

ISBN 978-89-255-7403-5 (03800)

※ 이 책은 ㈜알에이치코리아가 저작권자와의 계약에 따라 발행한 것이므로
  본사의 서면 허락 없이는 어떠한 형태나 수단으로도 이 책의 내용을 이용하지 못합니다.

※ 잘못된 책은 구입하신 서점에서 바꾸어 드립니다.

※ 책값은 뒤표지에 있습니다.